AF190236

Gerd Zahner

Schuld ist etwas für Anfänger

Goster 2

www.tredition.de

© 2017 Gerd Zahner

Verlag: tredition GmbH, Hamburg

ISBN
Paperback: 978-3-7439-1768-2
Hardcover: 978-3-7439-1769-9
e-Book: 978-3-7439-1770-5

Printed in Germany

1

Wenn Flugzeuge Augen hätten und sie sähen hinab auf die Stadt, in der Nacht, sie sähen einen brennenden Schatten,

am Tag eine riesige sich spreizende Leiterplatte, wie verschmiertes graues Licht,

und Häuserzeilen, wie Lochkartenreihen, aus der Zeit, als die Computer denken lernten, so wie jetzt die Stadt das Denken lernt und sich selbst ansieht.

Wenn Flugzeuge Augen hätten und sie blickten aus großer Höhe hinab auf die Stadt, ein einzelnes Haus zu sehen wäre für ein Flugzeug unmöglich.

In diesem unmöglichen Haus saß eine Redakteurin und entschied, welches Bild online in die Zeitung kam.

Das Bild einer Nachricht ist so wichtig wie die Nachricht selbst, das Bild muss alles bereits Gesehene an Schrecken und Schönheit übertreffen und tut es dies nicht, ist die Nachricht nicht von Bedeutung.

Margot Herbot aus der OnlineRedaktion des TagTags sortierte die Bilder der Welt nach diesem Gewicht.

Das Feuer in einer Chemiefabrik in Zug (Schweiz) war endlich, nachdem die Laborräume sich mitentflammt hatten, niederge-kämpft.

Den Anwohnern wurde nach einwöchiger gif-tiger Rauchdunkelheit wieder erlaubt, die Fenster zu öffnen, und ein Foto der ALPpress zeigte eine alte Schweizerin, Zugerin, mit ge-furchtem Gesicht, die mit den Händen statt Quellwasser frische Luft ans Gesicht schöpfte, wie eine Durstige an der Quelle.

Das Bild war schön, aber ohne Interesse, das Feuer war ja gelöscht.

Ein anderes Bild zur gleichen Zeit wurde nie gezeigt.

Ein Mann in weißer Unterwäsche saß an einen Stuhl gefesselt und übergab sich. Die Kotze lief über das Gesicht, über die Brust, sammelte sich in Pfützen, zwischen den Schenkeln, auf dem Stuhlboden. Er kotzte auf den Boden, warf sich weit vor und zurück, versuchte mit dem Stuhl zu Boden zu krachen, um ihn zu zerbrechen. Der Stuhl war aus Holz.

Eine Stimme sagte: „Die Nummer."

Der Gefesselte schrie vier Zahlen aus sich her-aus.

Ein Koffer sprang auf, nachdem die Zahl in das Zahlenschloss eingegeben war.

„Danke."

Ein Mensch hinter dem Gefesselten steckte eine Hand in einen schwarzen Handschuh. Diese Gestalt schob dem kotzenden Mann einen roten Knebel in den Mund, wie es zuvor schon geschehen war, als der Gefesselte sich weigerte die Zahl zu nennen.

Es war dunkel in diesem Raum.

2

Der Regen trommelte jetzt seit Tagen mit irren Rhythmen auf die überdachten Fahrradständer an der Westseite des Breitenparks. Ein Spatz, so grau wie der Himmel, vielleicht sogar ein Stück aus ihm, duckte auf dem gelben Fahrradsattel den Kopf unter den Flügel. Und ein Rabe mit offenen Flügeln spazierte unter den Wellplatten, zwischen den Reifen der Räder, die so schwarz waren wie er, und blickte durch den Vorhang der senkrecht fallenden Regentropfen in den Park.

Es war Montag, hätte aber auch Dienstag sein können. So stark fiel der Regen seit Tagen, dass man aufhörte, die Tage zu unterscheiden, und dieses Gefühl, unter der Glocke des Regens zu leben, hatte alle müde gemacht und die Köpfe gesenkt und das Gefühl für Zeit genommen.

Eine Joggerin zog trotz des Regens ihre Bahnen im Park. Sie trug ein rotes Stirnband, ihr Gesicht war nass.

„Trennungen sind in dieser Stimmung unvermeidlich", dachte Goster beim Rasieren, „aber für eine Trennung bräuchte man eine Beziehung."

Es war MontagMorgenMontag, nach einem ereignislosen Wochenende begann die Woche mit der Rasur.

Er rasierte sich langsam. Sein Blick, wenn er das Gesicht seitlich drehte, suchte aus dem Badzimmerfenster die Bäume des Parks. Das Grün beruhigte. Regen und trübe Luft, ein großer unschuldiger Tag. Er sah in das Gesicht eines 45-jährigen Mannes im Spiegel. Ein Anzug mit Weste hing am Bügel an der Badtüre am roten Haken. Das Gesicht, so stellte er fest, war rascher alt geworden als erwartet, aber nicht traurig. Die Falten in den Mundwinkeln verschwanden, wenn er lachte. Der Spiegel lachte zurück.

„Traurigkeit", so hatte er es H., die halb so alt war wie er, erklärt, „macht Menschen zu Holz und das Leben schreibt, wie in die Rinde der Bäume, fremde Namen hinein, die man dann mit sich trägt." Müde war so ein Name. Oder Überschätzung, oder jeden Sommer in Urlaub fliegen, nur weg. Dann sah Goster wieder zum Fenster.

Regen macht die Zeit langsamer und das Warten zur Gewohnheit und Goster hörte es plötzlich von draußen krachen, aber schnitt sich nicht.

Zuerst dachte er, ein Baulaster habe irgendwo da unten in der Stadt, in der Nähe des Parks, seine Ladung ausgekippt.

Nichts Besonderes war zu sehen.

Nur sein Gesicht in den Scheiben. Eine Gesichtshälfte mit Rasierschaum bedeckt, sah aus wie durch den Beton gezogen, die andere Hälfte glatt und schon im Handtuch abgetupft, als wäre sie nie rasiert geworden.

So stand er am Fenster. Ein Mensch.

Er sah auf diese versteinerte Stadt, die nach dem Krachen für einen AugenBlick lautlos nach innen lauschte, ängstlich vor sich selbst. Das Schweigen unterstrich, dass etwas beginnen könnte, was nicht endet.

Als würde ein Rechner hochgefahren, belebten sich die Straßen erneut.

Diese Stadt erinnerte ihn immer mehr an einen Computer, der das Denken und das Fühlen lernt. Eine Sekunde lang, so schien es Goster, blickte diese Stadt erschreckt zu ihm hinauf.

„Verrückt."

Weil das gleichmäßige Ticken der Regentropfen an die Fensterscheiben, im Nachgang dieses aufschlagenden und dann rasch verebbenden Lärms, wieder zurückgekehrt war, suchte Goster nicht weiter nach Ursachen für den

Lärm und beendete die Rasur ruhig und gelassen. Vor dem Spiegel sagte er zu sich:

„Müllcontainer beim Verladen?"

Der Anzug saß wie maßgeschneidert und Goster knöpfte die Weste. Er trug schwarze Schuhe und dünne feine Socken. „Die einzige Freiheit, die es gibt", so dachte Goster, als er die Haustüre hinter sich schloss, „ist, ein paar Grad von der Norm abzuweichen, indem man zum Beispiel in das Kommissariat zu Fuß schreitet, in schwarzen handgenähten Lederschuhen, auch bei Regen. Ohne Regen keine Freiheit."

Goster erfuhr dann Stunden später beim dienstlichen Einsatz im westlichen Breitenpark den wahren Grund des plötzlichen Lärmsturzes, den er bei der Rasur aufschlagen hörte und wieder vergessen hatte.

Müllcontainer beim Verladen waren es nicht.

Vollgesogen vom Regen, hatte sich am Rande des Parks, im Rücken der SchnellStraße, die oberste Schicht Erde von einem 10 Meter hohen Schalllamm, der den Park vor der Straße abschirmte, abgelöst und war in Richtung der Fahrradständer und der Spazierwege abgerutscht.

Eine Reihe Fahrräder lag im Handumdrehen umgestürzt.

Spatz und Rabe flogen rechtzeitig auf.

Was diese Sache aber so besonders machte, war ein anderes. Der ErdRutsch, der den Boden des Schalldamms aufwühlte, warf den Leichnam eines Mannes zusammen mit matschigen Brocken mitten auf den Spazierweg des Parks. Der Tote lag da, mit all seinem Tod, wie ein Steinschlag hingeworfen.

Die versteckte Leiche im Wall war nämlich nur mit fingerdicken Zweigen bedeckt und dadurch flach eingegraben. Der ErdRutsch grub sie wieder aus. Dort lag sie quer über dem Weg.

Der so auf den Weg gebrachte Leichnam trug noch einen grauen Anzug und die Augen waren halb geschlossen. Er war nicht verwest. Er sah tot aus. Aber noch nicht lange.

Angesichts der Leiche begann nun die Joggerin zu schreien, denn der Tote war ihr im Lauf genau vor die Füße gefallen und versperrte den Weg.

Endlich kam ihr ein älterer Spaziergänger zur Hilfe, mit Hund und Handy, und rief die Polizei, sagte aber immer wieder ins Telefon „weg weg, Hermann", weil der Hund an dem Toten zu schnüffeln begann, sodass man am anderen Ende der Leitung, am polizeilichen Ende, glaubte, eine Auseinandersetzung mit Hermann sei im Gange.

Als die Polizei endlich eintraf, war der Hund mit der Leine aus Langeweile weggelaufen. Der Alte, hin und her gerissen, beim Toten auszuharren oder den Hund zu suchen, tippelte unruhig auf der Stelle und entfernte sich fünfzehn Schritte in den Park, wurde aber von der Polizei zurück gerufen.

„Hermann ist ab", sagte er der Polizei.

Die Joggerin mit Lippen aus Gips starrte noch immer angstverwandelt auf den Toten, der Alte schüttelte den Kopf.

„Wer rief ‚weg, weg, Hermann'?" fragte die Polizei.

"Ich."

„Heißt der Tote Hermann?"

„Wie?"

Napoleon, Gosters Kollege, war der erste Kommissar am Fundort der Leiche und da er Fehler um jeden Preis vermeiden wollte, wurde die vorläufige Festnahme des Alten angeordnet.

„Ich wollte nur helfen."

„Er hat gerade versucht sich zu entfernen", ergänzte ein junger Polizist.

„Lesen Sie ihm seine Rechte."

Mit den Händen geschlossen auf dem Rücken vernahm der Alte, fünf Meter von der Leiche entfernt, seine Rechte. Für ein vergessenes Kind im Urwald des Schreckens ist das kein Trost.

Weniger erstaunt über den Leichnam auf dem Weg als über sein eigenes Schicksal, das ihn, wie der Damm den Toten, in ein großes kaltes MissVerständnis hineingeworfen hatte, geriet der Alte in große Verzweiflung.

War sein Leben nicht beendet, so doch seine Zuversicht in die Ordnung der Dinge.

Des Alten Augen blickten hektisch um sich, wie SchiffBrüchige nach Inseln, und bemerkten statt des Hundes ein rotes kleines Auto beim Herfahren.

Goster wurde darin von H. zum Fundort der Leiche gebracht.

Goster stieg fröhlich aus.

„Hermann ist ab...", sagte der Alte in Handschellen zur Begrüßung, weil das Auto zufällig neben ihm hielt.

Goster atmete tief die gute Parkluft, sah den Alten ohne Hund, und die rotweißen Flatterleinen wurden von der Polizei ausgerollt und begannen sich im Wind zu drehen.

„Sehen Sie, da wohne ich", sagte Goster zu H. und zeigte hinüber in das Viertel mit den alten Dächern, „7 Minuten von hier."

H. nickte und, wie immer am Anfang eines Falles, sie schwieg.

Da niemand des Alten Blick und den Bittruf erwiderte, starrte ein vom AugenBlick Gebrochener zu Boden und weinte still.

„Sind Sie der Täter?" Goster fragte höflich, ohne Neugier in der Stimme.

„Wie kommen Sie darauf?"

„Sie weinen."

„Nein", sagte der Alte, ohne die Stimme zu verstellen.

Goster schritt H. voraus und an dem Alten vorbei.

Goster hatte H., als H. vor einem Jahr in den Dienst seiner Abteilung getreten war, den Übernamen H. angedichtet, weil Hannelore ihm zu lang schien und mit dem Nachnamen Klost wollte er sich nicht anfreunden. Am liebsten wäre es ihm gewesen, alle Menschen dieser Welt wären ohne Namen geblieben und wenigstens darin gleich.

Goster hielt einen aufgespannten Schirm zwischen sich und dem Regen, H. zog die Kapuze einer violetten Steppjacke über den Kopf, obwohl ihr angeboten wurde, sich mit unterzustellen.

„Gewaltverbrechen?" fragte sie Napoleon.

„Keine Papiere, ausgeräumt. Ohne äußere Verletzung."

Goster trat nah zu dem toten Mann auf dem JoggerAsphalt, beinahe berührten ihn seine Füße, das Ergebnis der Spurensuche wurde laut gerufen, von Hämmerle, der seine Utensilien bereits wieder in der schwarzen Tasche verstaute: „Seit drei Tagen verscharrt."

„Teure Schuhe", sagte Goster zu sich selbst und zu H., was dasselbe für ihn war.

„Schuhe?" fragte Napoleon.

Und Goster antwortete: „Das Feinste vom Leisten, 2000 aufwärts, so glatt, wie die Sohle noch ist, trägt er die noch nicht lange."

Er sank neben dem Toten in die Knie und wischte den Dreck von der Sohle. Das Firmenemblem, in die Sohlen eingelassen, besaß noch die scharfen Konturen und war nicht von vielen Schritten ausgetreten.

„In solchen Geschäften begrüßt man die Kunden mit Namen, denn der Leisten bleibt im Geschäft."

H. verstand sofort, was er bezweckte.

„Handgefertigt nach Maß."

„Das ist mein Fall!" Napoleon hob den Kopf gen Himmel, eifersüchtig wie immer.

„Das wissen die Schuhe nicht", sagte Goster und befahl endlich, auf Grund der Zeitdifferenz zwischen der Eingrabung des Toten und der Weg-Weg-Rufe, den zitternden alten Mann wieder freizulassen. Er begann sogar, den Alten ein Stück durch den Park zu begleiten, rief „Hermann", bis ein weißer Terrier mit roter Leine angehüpft kam, dreckverschmiert und offensichtlich glücklich.

Der Alte sagte: „Ich hab alles gesehn, der Wall hat absichtlich den Toten dieser Frau vor die Füße gespuckt."

Die Joggerin, wieder zur Sprache gekommen, bestätigte dies.

„Der Hund ist nett, bellt nicht." Goster verabschiedete sich und blickte in die andere Richtung.

Für die OnlineRedaktion des TagTags wartete Margot Herbot im Regen und fotografierte dem Leichenwagen bei der Rückfahrt hinterher.

Goster dachte: „Was bringt ihr dieses Bild?" Aber er dachte sich nichts weiter.

„Hat sich vielleicht schon die Bilder der Leiche auf anderm Weg besorgt", sagte H., die seine Gedanken erahnte.

So war es auch. Der Fahrer des LeichenWagens, im geheimen NetzWerk und auf der Lohnliste der Redaktion, hatte mit seiner FotoBrille die Aufnahmen gemacht und per SMS versandt. Die Reporterin wahrte mit ihrer Anwesenheit nur den Anschein, damit niemand die wirklichen Abläufe durchschaute, denn den Fahrern der LeichenWagen war es dienstlich verboten, die anvertrauten Toten auf irgend eine Weise zu benutzen. Die Zeitungen verschlangen so viele Bilder von Leichen, dass nur über die LeichenFahrer der Bedarf gedeckt werden konnte.

Die Redaktion handelte dann rasch und stellte den Toten, für sein zweites Leben, sofort ins Netz.

Eine Leiche mit braunem Haar und der gelbweißen Gesichtshaut beginnender Verwesung blickte eine Stunde später von Millionen BildSchirmen dem Rest der Welt in die Augen.

Ja, man beeilte sich. Auch Nachrichten verwesen.

Für Goster war alles bislang nichts Besonderes. Die Welt war aus den Fugen, so war es nun mal.

Der Regen hatte aufgehört, schlagartig mit dem Abtransport der Leiche, als hätte auch der Regen damit seine Funktion erfüllt.

Goster sagte noch halb spaßend zu H.: „Jetzt laufen (kommen, purzeln, rutschen, fallen?) uns die Leichen schon entgegen."

Mehr war nicht passiert. Eigentlich gar nichts.

Im Park war es wieder still. Die Joggerin wurde nach Hause gefahren und vor einem weißen Wohnblock abgesetzt.

Der Alte setzte sich auf eine Parkbank. Sein Hund spielte.

Irgendwie gab der Alte dem Hund die Schuld.

Er rollte die Leine zu einer Schnecke, legte sie sanft, wie einen AbschiedsBrief, auf der Parkbank ab und schlich sich davon.

Hermann machte sich auf die Suche nach seinem Herrn.

3

Eigentlich war Goster froh, dass dieser Fall an Napoleon abgeben war. Dieser verkündete mit wedelnder Zunge und Hundestimme seinem Staatsanwalt den Plan, das Schuhgeschäft Brauner auf Kunden von maßgefertigten Kalbslederschuhen abzuklopfen. Solche Schuhe, wie sie der Tote trug.

„Das erste Mal, dass ich Schuhe suche", sagte Napoleon zu Goster, dem er auf dem Flur begegnete.

„Für eine Leiche, die aus dem Grab einer Läuferin auf die Füße fällt, ist es auch das erste Mal."

Goster lächelte, als er dies Napoleon hinterher rief, der über den Flur rannte, wie immer eiligen Ermittlungen entgegen. Aber im Innern hatte Napoleon nur ein schlechtes Gewissen, die Idee, die Identität des Toten über die Schuhe festzustellen, war eben wieder mal von diesem Goster gekommen.

Es dauerte nur 2 Stunden, den Namen des Toten von der Leistenkarte abzulesen, die Kopie der Kreditkartenzahlung wurde zusätzlich per Mail versandt. Urs Beat Wächter aus Zug. Kreditkarten sind der Fingerabdruck des Geldes.

„Was noch?" fragte Goster.

„Seit drei Tagen vermisst", antwortete Napoleon, der sich für diese Information bei Goster telefonisch meldete. Seine Stimme blieb aufgeregt.

Sonst geschah nichts. Die Sonne wärmte den Tag.

4

Die Sonne wärmte den Tag. Am späten Nachmittag war der Regen vergessen.

Goster sah sich gegen 22 Uhr, weil er nicht schlafen wollte, eine Talkshow an.

Dieser Satz eines Journalisten – *Schuld ist etwas für Anfänger* – gefiel ihm sehr.

Der Journalist war an die 50, gestikulierte mit den Händen und besaß noch immer die Pose des Aufklärers. (gefiel sich?)

„Politiker", die Talkshowstimme bebte vor Aufregung, „investieren die Hälfte der Zeit in das Knüpfen von NetzWerken und wenn etwas schief läuft, wechseln sie nur den Knoten."

Als Beispiel nannte der Talkshowgast den in die Schlagzeilen geratenen ehemaligen Staatssekretär Kuhfuß aus dem Verteidigungsministerium, der den Totalverlust von 340 Millionen zu verantworten hatte, weil auf seine Anweisung für 50 fluguntaugliche Kampfhelikopter die vollen Entwicklungskosten und der volle Kaufpreis entrichtet worden waren, an eine dubiose Rüstungsfirma, die anschließend insolvent ging.

Als Reaktion wurde Kuhfuß von der Politik in die Wirtschaft befördert und übernahm den

Vorstand einer Bausparkasse mit solider Geschäftsgrundlage, die für das Rüstungsgeschäft gebürgt hatte.

Das Sonderbare war, Kuhfuß saß dem Journalisten in der Sendung gegenüber.

Der Journalist argumentierte: „So ein Netz-Werk fängt wie ein Trampolin den stürzenden Politiker auf und wirft ihn zur selben Höhe seiner Macht wieder hinauf."

Goster gab ihm Recht. Der Mann sprach schnell und wütend.

Was Goster nicht ganz verstand: „Warum regte er sich auf, wenn es sich immer wieder wiederholt?"

Politik ist ein Trampolin. Der Abstürzende holt sich nur den Schwung für neue Höhen.

Der Journalist hieß Herbot, war von Hause aus überzeugter Feuilletonist, aber weil die Kultur des Theaters ausgedünnt, in Zeitungen und Gesellschaft zum Fragment verkam, hatte er ins Wirtschaftsressort des TagTags wechseln müssen. Seine alte Leidenschaft für Inszenierungen tat dem Talkshowbesuch nicht gut. Er verletzte Grenzen mit Grenzen, sprach Kuhfuß, über den er sprach, der ihm gegenüber saß, nicht einmal direkt an.

Kuhfuß hörte mit gekreuzter Beinhaltung den Vorwürfen zu und spuckte nur mit den Augen, schließlich hob er seine Hand, wie ein Schiedsrichter die rote Karte.

Kuhfuß bestand auf seiner Richtigstellung der Vorwürfe, denn, so seine Verteidigung, dass die Rotoren bei Starkregen in Eigenschwingung geraten würden, war bei Rechnungslegung für das Ministerium für Verteidigung nicht offensichtlich.

„Aber, dass etwas nicht fliegt, ist doch offensichtlich!"

„Nicht immer."

„Sie sind aufgeflogen."

„Frechheit, ich wechselte aus beruflichen Gründen."

Politiker beherrschen immer zwei Dinge. Wenn sie eine Talkshow betreten, passt die Krawatte zum Hintergrund und die Stimme zur telegenen Unschuld.

Herbots Frau, die bei der gleichen Zeitung arbeitete, saß hinter ihrem Mann im Publikum. Sie applaudierte bei seinen Beiträgen und schüttelte gegen Kuhfuß entsetzt den Kopf.

Eigentlich war sie die berühmtere Journalistin.

20 Jahre war sie bei der Zeitung nicht voran gekommen, bis sie, mehr aus Verzweiflung als aus Überlegung, in den Anfängen der Netz-Karriere ins Online wechselte und im Raum ohne Grenzen mit jedem Unfall oder Verbrechensbericht mehr Resonanz erzielte als alle Theater- und Wirtschaftsjournalisten dieser Zeitung zusammen.

Vor einer Stunde war ihr Bericht *Leiche gräbt sich frei und wandert im Park* als Nr.1– Nachricht durchgegangen.

Das Foto der wandernden Leiche, vom LeichenFahrer gefertigt, von Margot Herbot ins Netz gestellt, verbündete sich mit 100 000 Klicks pro Stunde.

Der Tag war erfolgreich für die Herbots und diese Talkshow sollte so etwas wie die Tageskrönung für die Familie Herbot sein.

Gerade als Margot Herbot in der Talkshow wieder heftig gegen Kuhfuß den Kopf schüttelte, summte das Dienst–Handy in ihrer grauen Tasche mit dem DringendstDringendst-Ton, der verabredet war, jeden Journalisten der inneren Redaktion zu jeder Uhrzeit an jedem Ort ans Telefon zu rufen, für Rückmeldungen, für Sprach–, Bild– oder Wortmitteilungen von besonderer Bedeutung.

Unter keinen Umständen hätte Margot in Kameranähe ihr Handy benutzt, jetzt aber musste sie es und öffnete beschirmt in der Tasche den BildSchirm.

Beate Ruth, eine Kollegin, verschickte aus der Redaktion eine Nachricht von dieser äußersten Dringlichkeit.

Ruths Aufgabe in der Redaktion war es, für die Morgenausgabe des TagTags das Netz nach verwertbaren Nachrichten abzuklopfen, die die Zeitung dann kostenfrei als ScheinRecherche übernehmen konnte, eine stumpfe, verlogene Tätigkeit, die sie hasste, der Hass verstärkt durch Neid.

Margot Herbots Aufstieg war ihr im Besonderen nicht erklärbar und schien ihr ungerecht.

Die anderen Kollegen der Nachtredaktion saßen derweil vor den BildSchirmen im Großraumbüro in weichen Sesseln, Chips essend und mit Coladosen in den Händen.

Herbots Schlusswort – *Verantwortungsdemenz der Politik* – wurde laut bejubelt, weil der Sieger der Talkshow aus den eignen Reihen kam.

Kuhfuß im Fernsehen geriet in Eigenschwingungen, verlor die Kontrolle über seine Hände, verlor das Rededuell, die blaue abgeknickte Krawatte, wie ein kaputtes Rotorblatt, war ein

Symbol des Absturzes, und zum dritten Mal sang seine Stimme viel zu hoch: „Eigenschwingungen sind nichtnichtnicht erkennbar!"

Alle lachten. Vor und im Fernsehen. Selbst der Kameramann. Ein menschlicher Helikopter schoss sich ab.

Einzig Frau Herbot lachte nicht.

In Hamburg war ein RaubMord geschehen und ÜberwachungsKameras hatten das Gesicht des mutmaßlichen Täters eingefangen. Die Bilder waren bereits im Netz eingespeist, ohne dass die Polizei dies veranlasste, noch hatte die Polizei Einfluss darauf.

Margot Herbot hielt ihr Handy mit zitternder Hand und ließ den gesendeten Mitschnitt, der im Netz kursierte, zum zweiten Male stumm ablaufen.

Die Aufzeichnung der ÜberwachungsKamera war der virale Netzhöhepunkt der Nacht.

„KENNST DU DEN MÖRDER, Margot?" fragte die Kollegin per WhatsApp. Die Großbuchstaben schrieben sich in Margots Gedächtnis, als ewige Nachricht.

Margots Gesicht wurde weiß, sie ließ das Handy in die Tasche fallen und sprang vom

Stuhl auf, stürzte zu ihrem Mann und schüttelte ihn.

„Komm bitte!" und sank auf die Knie.

Sie schrie vor laufender Kamera. Jeder im Studio musste begreifen, dass etwas Furchtbares geschehen war, was nicht aufzuhalten war. Auch Kuhfuß war von diesem Schrecken erfasst und blickte voller Mitleid auf die Frau, die mit letzten Kräften an ihrem Ehrenmann – dem Sieger der Talkshow – zu zerren begann, wie um ihn an einem Arm aus dem Feuer der Nachricht zu reißen.

Margot Herbot hatte ihren einzigen Sohn erkannt, als diesen Mörder aus Hamburg, von einer ÜberwachungsKamera aufgezeichnet.

Ein Jugendbild von Frau Margot Herbots Sohn Miche, im Silberrahmen, hatte seinen Platz auf dem Schreibtisch der Mutter seit ewigen Zeiten im Großraumbüro des Tag-Tags, zwei Handbreit neben dem Telefon von Margot.

Die Kollegin im Nachtdienst trug das Sohn-Bild jetzt, nachdem die Handynachricht an Margot gesendet war, mit einem Gesichtsausdruck der Erleichterung, wie eine Monstranz, in beiden Händen vor der Brust, zurück zum Schreibtisch der Kollegin Herbot und setzte den Bilderrahmen mit der schwarzen Stütze an der alten Stelle ab.

Ruth hatte das Jungengesicht auf dem Foto mit dem Gesicht der Fahndung im Netz auf ihrem Rechner verglichen. Sie pfiff und lächelte zugleich. Sonst war es leichenstill in den Räumen. Die andern saßen in den Sesseln, die hängenden Köpfe in die Hände gestützt, die Augen geschlossen, um nicht zu den Bildern der BildSchirme aufzusehen, die schreiende und weinende Seele der Margot Herbot auf allen Programmen zu sehn, als ein Programm.

„Vielleicht wird ja im Tagdienst beim TagTag bald ein Platz frei", dachte Ruth und die Wirkung der Nachricht machte sie noch vergnügter.

Wirtschaft oder Online, ihr war es egal. Der Skandal war veritabel. Die Welt sah Margot Herbot beim Leiden zu und dieses Zusehen ohne Mitleid würde Margot früher oder später vernichten. (YouTUBE Fernsehskandale, Stichwort: Herbot)

Monate später auf die Vorgänge angesprochen, sagte die Nachtredakteurin, die den Skandal eingefädelt hatte, dem Betriebspsychologen: „Man zwang mich Jahre und Nächte, dieses Zeug anzusehen, da soll ich nicht so werden? Jeder wird, was er sieht."

Der Filmausschnitt aus der Talkshow, die schreiverzweifelte Journalistin Margot Herbot, wurde nicht nur an diesem Abend und den Folgetagen, er wurde dauernd auf YouTUBE ein KlickHit.

Der TagTag hatte ihn als erster ins Netz gestellt.

Goster schüttelte den Kopf. Auch er hatte zugesehen. Das Zusehn nicht mehr kontrollieren zu können, ärgerte ihn. Er hätte früher aufhören sollen.

Die Sprache des Fernsehens übertönt alles.

Goster drehte das Radio an. Ein Bericht über Folter, irgendwo in den demokratischen Staaten. Terroristen wurde der Kopf unter Wasser gehalten, bis sie gestanden, Terroristen zu sein. Der Reporter berichtete, in vielen Fällen würden die Gefolterten sich übergeben und beinahe ersticken an der eigenen Kotze. Sie versuchen in das Wasser zu kotzen. Aber das Wasser steckt wie ein Knebel im Mund. Manche spucken auch Blut. Das Wasser wird dann rot. Wie ein roter Knebel.

Auch das Radio stellte er ab, machte den Plattenspieler an.

Das war schön.

Chet Baker und Bill Evans. Eine alte Platte. Die weiche Trompete tanzte in der Zeit. Zwei Monde, die sich über die unendlichen Entfernungen begrüßen.

„Sich zu fühlen, ist eine Möglichkeit, dem andern nah zu sein", dachte er.

Er tanzte.

5

„Kann nicht. Vielleicht, wenn ich es mir erzähle, wird, wird es mir klar.

Es ist Nacht. Dieser Mond ist blass. Die Dächer, auf die ich hinabblicke, durch das Eckfenster der Wohnung, sind eingetaucht in das weiß silberne Licht der toten Himmelskugel.

Die Straßen atmen Stille. Sind lang und rötlich gelb von einer Taxilampe. Keine Kurve. Eine lange Straße zieht westlich und Straßen–Äste im rechten Winkel spreizen sich ab.

Zwischen drei und vier Uhr nachts führt die Ebbe der Nacht das Leben der Straße in das Dunkel der Häuser zurück. Die Säufer sind heimgekehrt, nur die Bäcker arbeiten und die Frühschicht beginn erst in 90 Minuten.“

„Das alles zu beschreiben“, dachte Goster, „das Alphabet bräuchte neue Buchstaben.“ Diese Buchstaben dachte er sich aus.

Goster stand an diesem Fenster, die Hand im rötlichen Haar, zog das Stirnhaar zwischen den Kammfingern nach hinten, immer wieder die eine Bewegung.

Noch immer im dunkelgrauen Anzug mit der Weste und den kleinen blauen Knöpfen daran, die mit einem weißen Faden angenäht waren, als winziger Kontrast. Der unterste Westenknopf stand offen. Er sah aus wie eingeladen, in der eignen Wohnung, als einziger Gast.

Wie immer niemandniemand hier.

„So eine Stimmung, sich zu trennen", dachte er wieder, „aber dafür bräuchte man eine Beziehung."

Er verbat sich eigentlich diese Art der Selbstgespräche am Fenster mit der Stadt. Aber Spiegeln kann man auch nicht verbieten, etwas zu zeigen, was sie nicht sind. Oder den Wunsch, sich zu verlieben, den kann man auch nicht verbieten.

Die Nacht war zu kalt für Ende Mai. Nach dem Regen, wie zum Hohn, war die Sonne aufgeblüht, die Temperaturen der Nächte blieben davon noch unberührt.

Er atmete langsam aus. Langsam ein. Sah auf das Fensterglas, sah darindarin sein Gesicht, sah die Stadt, sah darindarin sein Gesicht.

Er sah in diese leere Straße vor seinem Haus, jetzt parkte ein Auto ein, ein weißer Viertürer, und vier Männer sprangen heraus, liefen zu einem Hauseingang und klingelten nicht und verschwanden hinter einer metallgrünen Tür.

Goster atmete lauter. Auf dem Fensterbrett, das Fenster ohne Vorhänge, die Weinflasche abgestellt. Er trank aus der Flasche. Roten Wein.

Der Vorsatz, sich zu betrinken, scheiterte an der fehlenden Lust. Er hatte Sodbrennen. Der Magen krampfte. Er würgte nach dem Schlucken. Hustete trocken.

„Heute bin ich der Andere. Zuerst finden wir eine Leiche im Park, die uns vor die Füße fällt.

Dann dieser Auftrag, den mutmaßlichen Mörder Michael Herbot festzunehmen, der sich in der eigenen Wohnung versteckt hielt."

Goster trank.

„Ich lief mit ihr durch eine graue Häuserschlucht, auf eine blaue gläserne Eingangstüre zu, wie auf eine Wolke aus blauem Eis. Wir sind zu anderen geworden."

Gosters flache Hand drückte die gespreizten Finger auf das Glas des Fensters über sein gespiegeltes Gesicht, es mit einem Fächer aus Fingern zu bedecken.

Goster sagte laut zu dieser Stadt: „Miche Herbot."

Trank. Stellte das Glas ab. Sah einen Rotweinfleck auf dem weißen Fensterbrett. Nahm ein Taschentuch vom Tisch aus der blauen Tempopackung, wischte über den Fleck. Sah dieses Rot an. Schüttelte den Kopf und dachte an die

Ereignisse dieses Tages in langsamen Bildern zurück.

Miche Herbot, der Mörder, war mittelgroß, blondbraunes glattes Haar, große staunende Augen und eine schmale Nase. Die Zähne sehr weiß und wie bei allen Kindern reicher Eltern, vollkommen ausgebildet.

„So wie Götter ein perfektes Lachen tragen."

Der Körper dagegen schmal und ausgezehrt, das Gesicht auch.

Ein MenschBild aus zwei Zeiten, am Anfang zu viel bekommen vom Glück – am Ende zu viel genommen, vom Glück.

Goster sah das FahndungsBild in der Erinnerung ganz klar vor sich, als ob er es in Händen hielte.

Die Lippen Herbots waren abwärts geschwungen, „aber wenn er lächelte", dachte Goster, „wurde der Mund noch schmaler, was das Gesicht traurig machte."

„Dieser Herbot war so schwer zu finden wie eine entlaufene Kuh, die in den Stall zurück gekehrt ist."

Goster schlug mit der Hand gegen die Scheibe. Das Glas zitterte, aber zerbrach nicht.

Auf der Fahrt zum Einsatzort an diesem Tage hatte Goster sich von H. stichwortartig die Persönlichkeitsmerkmale der Zielperson Herbot und der Tat aufsagen lassen.

H. wischtewischte über ein Tablet, während sie sprach, verband Fragmente zu einem kompletten Bericht.

H.s Stimme war sachlich und selbstbewusst, im Auto klang sie lauter als sonst.

Goster saß hinter dem Fahrer, hielt den Blick auf die Straße, auf die Häuser, die Geschäfte gerichtet. Das BlauLicht der Einsatzfahrzeuge blitzte am Glas der Schaufenster zurück. An einer roten Ampel verknotete der Verkehr, die Signaltöne räumten nur langsam die Straße frei. Eine Radfahrerin schimpfte hysterisch. Ein Hund bellte grau und müde.

Goster und H. hatten den Einsatzbefehl, diesen Herbot, 27 Jahre alt, in seiner Wohnung festzunehmen. Routine, schusssichere Westen und 20 Beamten des SondereinsatzKommandos rückten an, im Wagen fasste H. das Notwendige in ihrem Bericht zusammen.

„Herbot, so die Kenntnis der Hamburger Kollegen, hat das Tatopfer Börner, einen Hamburger Kaufmann, gestern Mittag aufgesucht, keine Einbruchsspuren. Börner wurde gefesselt und geknebelt von einer Freundin abends tot aufgefunden. Der Hamburger Geschäftsmann war mutmaßlich von Herbot mit Kabelbinder gefesselt und mit einem roten Putzlappen geknebelt worden und das Opfer erstickte am Erbrochenen. Der Safe der Wohnung stand offen und war leer."

„Kein schöner Tod." Goster sah ein Mädchen mit einem Fußball jonglieren.

„Ja."

„Er ist sicher der Täter?"

„Herbots Handy wurde in unmittelbarer Nähe geortet, eine ÜberwachungsKamera im Nachbarhaus filmte Herbot beim Davonlaufen, die Kamera des OpferHauses beim Eintreten."

„Wie kam man auf den Namen Miche Herbot?"

„Wie kommt das Laub von den Bäumen im Herbst? OnlineAufrufe mit Fahndungswind. Am Morgen meldeten Bewohner in Berlin, sie hätten Herbot in seiner Wohnung schreien hören."

„Schreien?"

„Ja."

„Und wir müssen nur hingehn und ihn abholen? Ist er gefährlich?"

„Nicht polizeibekannt, Sohn aus gutem Hause, der nie zuvor als Gewaltverbrecher in Erscheinung getreten ist."

Goster sah aus dem Fenster des Wagens. Über den Gehweg rollten die Wellen der Passanten.

„Tötet einen Menschen. Schreit in der Wohnung, in der er sich versteckt hat. Rufen Sie bitte die Feuerwehr hinzu."

H. lächelte.

„Hab ich schon."

„Weiß ich, was der Tag von uns will?" sagte Goster im Auto zu H. und zu dieser Stadt.

6

„Wie geht es ihr wohl in dieser Nacht?"

Goster am Fenster dachte an H., erinnerte sich an das Gespräch unter der Sirene im Wagen mit ihr, heute, bei der Fahrt zu Herbot, ihn festzunehmen.

Das lag Stunden oder Welten zurück.

Sie saß neben ihm auf dem Rücksitz bei der Fahrt zur geplanten Festnahme von Herbot. Ein junger Polizist in blauer Uniform steuerte.

Einen leichten Duft, wie süßes Zedernholz, hatte Goster wahrgenommen beim Einsteigen und Anschnallen. H. hatte die Jacke ausgezogen und ihn unabsichtlich beim Hinauswinden aus der Jacke an der Schulter berührt.

„Die Nähe vor dem AugenBlick, der alles verändert, bleibt am stärksten in Erinnerung", dachte Goster. Er lachte am Fenster. Aus diesem Grunde werden wir unsern Tod nie vergessen.

Die Nacht, auf die er blickte, war leer und ohne Antworten.

Ja, sie trug Jeans. Die schusssichere Weste. Der Himmel war blau. Er erinnerte sich genau. Ihr Tablet auf dem Schoß war in eine dunkelblaue Hülle eingeschlagen.

Rätsel sind immer das Selbstverständliche.

Goster sah, als er an alles dachte, aus dem Fenster auf eine leere, aber nicht schlafende Straße hinab.

Die Augen der Stadt, diese tausend Lichter, blickten in Gosters Gesicht zurück.

Er sah sein Gesicht gespiegelt im Fenster, während er hinaussah und an H. dachte. Es war, als sähe er durch sich selbst hindurch. Durch das von außen erleuchtete Fenster, das sein Gesicht trug und die Erinnerung der letzten Stunden.

„Vielleicht sehen wir jedes Bild immer nur gemischt mit Erinnertem", dachte Goster, „und wenn wir unsere Erinnerung verändern, werden alle Bilder neu gemischt, auch die Stadt. Neu gesehen, wie nie gesehen."

Er sagte dies halblaut, sprach gegen die Scheibe des Fensters, durch diese Scheibe getrennt von der Stadt, wie die StrafGefangenen in den Gefängnissen von ihrem Besuch durch eine Scheibe getrennt sind.

„Erinnern ist manchmal wie Schluckauf. Unkontrollierbar stößt es auf. Und man weiß nie, wann es aufhört."

„Wir hätten Herbot nur bei sich zu Hause abholen müssen, wie ein Paket, adressiert an Gericht und Gefängnis."

Goster fluchte.

Herbot hieß Miche mit Vornamen.

7

Als Goster und H. und zwanzig Sonderein-
satzPolizisten den Zielort erreichten – das
vierstöckige Haus mit blauer Glastüre, in dem
Herbot sich versteckt hielt – als Goster die
Stockwerke zu Herbots Wohnung hochwärts
zählte, bis zum dritten Stockwerk, stand Herbot bereits, als habe er alles erwartet, am Fenster und blickte von oben herab, verließ den
Fensterplatz nicht, stand, die Augen weit offen, und lächelte gequält.

Er blickte von oben herab, aus dem geschlos-
senen Fenster, auf Goster, auf H., auf die Polizisten, auf die Geräusche, die Männer in
schwarzer Uniform, die geduckt liefen und ihre Rücken an die Hauswand dieses alten, zer-
fallenen Hauses drückten. Das Haus hatte als
Miethaus seine Kraft verbraucht, bot sich jetzt
selbst dem langsamen Zerfall dar, so dass die
Ereignisse, die folgten, nur eine Beschleuni-
gung des Zerfalls darstellten.

Goster und H. hatten hinter einem Einsatz-
fahrzeug Deckung genommen. Die Polizisten
mit dem Rücken zur Wand erwarteten den
Einsatzbefehl.

Goster zögerte.

Herbot schaute auf die anstürmende Polizei in einer bestimmten Weise, wie ein verbrauchter Gott, der sich zum letzten Mal zeigt.

Das Gesicht jetzt, als ob man das Pflaster des Schweigens von seinen Lippen reißen würde.

Die Backofentüre eines alten weißen Kachelgasherdes in Herbots Rücken stand in der Durchgangsküche seiner Wohnung weit offen, Gas strömte aus und Herbot, wie ein Blinder zur Sonne, der die wärmenden Strahlen auf der Netzhaut fühlt, erkannte alle Dinge und Menschen dieser Welt zugleich und als eine Kraft.

Die Welt der Details war so weit entfernt, dass er sich nicht mehr zugehörig fühlte.

Die Türspalte der Wohnung waren mit feuchten Handtüchern versiegelt, das Fenster mit einem feuchten Schal. Das Gas war geruchlos, Herbot hustete stark und fühlte die brennenden Lungen.

Gott Michael Herbot zog eine Kippe aus der Schachtel. Steckte sie zwischen die Lippen. Winkte nach unten, den Polizisten zu, wie von einem Schiff herab, das aus dem Hafen Abschied nimmt.

Er nahm Abschied und Goster verstand die Geste und H. ahnte es auch.

Herbot zeigte ein Feuerzeug in der hochge-streckten Hand, wie eine Warnung, ein metallenes Zippo, und ließ es kalt aufschnippen.

Goster schrie auf, denn über dem Fenster von Herbot, im vierten Stock, erschien jetzt ein kleines Mädchen im Fenster und winkte den Polizisten zu. Dieses Mädchen hielt alles für ein Spiel.

Unter ihr winkte Herbot, oben das Kind.

So als habe Herbot, wie im Spiegel der Zeit, sich noch einmal in das Wesen verwandelt, das unschuldig war. Und alle Anfänge offen.

Wieder schrie Goster: „Nein!"

Herbot schnippte das Feuerzeug an, die Flamme züngelte, Goster sah Schatten sich ausdehnen und flüssig werden. Ein Hammer-wurf traf die Zeit.

Dann grellte ein Blitz auf und die Scheiben explodierten und aus der Öffnung des Fensters schoss, schnell wie eine Kugel, das Feuer hinaus und das oberste Stockwerk, in dem eine Dreijährige am Fenster winkte, stürzte mit in die Tiefe, auf diesen Herbot, der sein Leben im Schutt begrub.

H. schrie.

Goster wurde in den Dreck geschleudert und die Polizisten, die den Rücken an die Hauswand drückten, schlugen die Arme über die Köpfe, die Gewehre wie ein Schild, und es regnete Schutt und Glas und dreckige Ziegel. Staub und Tauben flogen auf, aber der untere Teil des Hauses hielt stand, nur oben war ein Stockwerk in das andere eingefallen.

Als Rauch und Staub sich legten, die Feuerwehren unter kurzen hektischen Befehlen die Leitern ausfuhren, richtete Goster den Blick nach oben, zum vierten Stock, wo dieses Mädchen gewunken hatte.

Der obere Teil des Haues war beinah vollständig eingesunken, nur um den Fenstersturz, wie ein spitzer Thron, ragte ein Mauerstück in der Form einer kurzen Säule wie ein WahrZeichen in die Luft. Dieser kleine Teil des oberen Hauses war nicht mit eingesunken, durchkreuzte die freie Luft zwischen den zwei verschwundenen Stockwerken. Auf dieser Kruste, wie auf einem Inselchen in einem toten Meer, schwebte das Mädchen, den Arm erhoben, erschrocken, aber zu erschrocken zu weinen, wischte sich den Staub aus dem Gesicht, winkte wieder und wurde gerufen, sich nicht zu bewegen, sagte ja und legte sich in die Arme des Feuerwehrmanns, der eine Leiter hinaufstürmte, und schlief auf den Sprossen den Weg hinab ein.

Und Goster schwieg.

Und H. schwieg. H. berührte seine Hand. So flüchtig und ohne Absicht. Und als das Mädchen in Sicherheit war, küsste sie seine Wange.

Und Goster sagte: „Wunder sind schön."

Vom Einkaufen kehrte die Mutter zurück, sah das Kind an, sah ihre Wohnung zertrümmert, sagte kein Wort, nahm das erwachende Kind, herzte es, sah eine kleinen Wiese mit braunen Parkbänken, setzte sich und ließ es spielen.

Es stellte sich auf die Bank und winkte.

Und Goster sah zu.

Goster schwieg. Und H. schwieg und die Leiche von Herbot wurde geborgen und auch sein Telefon, das noch funktionsfähig war. H. drückte die Wahlwiederholung und Herbots Mutter meldete sich.

„Polizei."

„Was ist?"

„Wo sind Sie?"

„Ist er tot?"

„Ja."

Dann Stille.

Die Stille beschrieb die Leiche eines jungen Mannes. Der Körper zerrissen und gebrochen und das Gesicht von den Flammen entstellt und ohne Augen. Er war zu jung für diesen Tod.

Und Goster fluchte und schimpfte sich einen Idioten und dankte dafür, kein größerer Idiot geworden zu sein, denn das Mädchen hatte überlebt.

8

Auf der Fahrt von diesem Einsatz zurück ins Büro blickte er wieder aus dem Fenster des Polizeiwagens und sah wieder dieselben Dinge. Er erinnerte sich der Berührungen. H. saß neben ihm und schwieg.

„So wie Ratten auf einem Schiff, in den Maschinenräumen geboren, nicht wissen, dass sie über das Meer gleiten, dass sie auf der Reise sind, in einem sonnenlosen Unterbauch des Schiffes, der das Meer nie erblicken wird, so sind auch wir zufrieden auf unserer Reise.

Die Stadt ist so ein Schiff mit den gleichen Geräuschen und der Untergang ist immer ein Begleiter. Wie die Ratten im Schiff es nicht begreifen, wie nah das Unendliche ist, vergeht Tag um Tag. Aber wenn die Ratte im Blick des Maschinisten den Hammer auf sich zu fliegen sieht und erfahren muss, diesem Kampf mit dem Maschinisten nie zu entkommen, auch wenn der Hammer sie diesmal verfehlt, dann endet der Friede. Ein größeres Meer, das Meer der Angst, öffnet sich weit. Dieses Meer verschlingt alle Meere, alle Schiffe und auch die Stadt, in der ich jetzt erwache."

„Was?" fragte H. erschrocken.

„Hab ich mal gelesen."

„Und?"

„Setzen Sie mich zu Hause ab."

„Warum?"

„Fenstergucken."

9

Noch immer stand Goster am Ende dieses Tages der besonderen Ereignisse, der nie zuvor gesehenen Bilder, an seinem Fenster und schaute auf die Stadt und trank und rauchte nicht.

Das Telefon klingelte.

H. rief an, als hätte sie seine Schlaflosigkeit und das Grübeln erahnt.

„Wir hätten, hätten können!"

Goster schrie beinahe.

„Das Kind ist nicht tot."

„Dieser Herbot ja."

Goster sagte: „Diese Art ihn festzunehmen, war dumm von mir. Ich hätte allein gehen sollen. Mit einem SturmGewehr konnte Herbot nicht reden."

„Sie haben keine Schuld."

Goster sagte als Antwort: „Schuld ist was für Anfänger."

Dann legte er auf.

„Herbot."

Der Name hatte sich in ihn hinein gelebt, wie eine schwere Krankheit, von der man seit dem ersten Tag der Diagnose glaubt, sie sei immer da gewesen, weil sie die Zukunft und die Vergangenheit verbindet und dadurch verändert.

Dieses Mädchen auf dem Thron des Überlebens hatte auch alles verändert. Dass sich an einem Tag zweimal alles verändert und zur gleichen Zeit, heißt, dass es sich nie wieder verändert. Tod und Leben heben sich auf. Rettung und Verhängnis. Wunder und Untergang.

Dachte er an das Mädchen, sah er zugleich Miche Herbot das Feuerzeug entflammen.

Als sei der Mensch zu allem fähig, nur nicht zu einem isolierten Moment.

Bis in die Stille der Rechtfertigung eigner Schuld drang Herbots Name. Das Wunder der Rettung des Mädchens machte Goster demütig und zugleich schuldsuchend bei sich.

Die Geister des Vergessens milde zu stimmen, wiederholte er darum Herbots Namen, rief ihn laut, wie einen Freund über das Grab, dann dienstlich, mit sachlichem Klang, den Namen zu bändigen.

Goster wiederholte in Gedanken H.s Bericht über Herbot, den sie schon zwei Stunden nach der Explosion erweitert hatte, er wiederholte jedes Wort, übersetzte jedes Wort zu einem Bild, wie ein Gebet, das niemandem vergab.

Dieser Herbot war 27 Jahre alt, verbraucht wie mit 60, hatte in seinem kurzen Leben so viel Unglück wie Dummheit aufgesogen.

Sohn von journalistischen Eltern, dann von der Schule geflogen, hatte sich mit Drogen belohnt, hatte alles verbraucht, was er als Vorschuss vom Leben erhalten hatte, begann in Kneipen zu kellnern, bezog Wohnungen, die immer zu teuer, trank schließlich und der Alkohol vergrößerte den Unterschied zu dem, was er hätte sein wollen, hätte sein können und zu dem, was er war.

„Menschen", sagte Goster, „die jeden Tag über einstürzende Brücken schreiten."

Gosters Kopf nickte.

„Einen Kaufmann überfallen, ohne Maske. In die Kamera über der Eingangstür blicken, als würde kein Verbrechen geschehen."

In der Scheibe spiegelte sich das Mädchen, von dem steinernen Thron über eine Welt gehalten, die zu Staub zerfiel.

„Wir hätten den Zugriff verzögern müssen, ihn einkreisen müssen, ihn bitten müssen, sich zu ergeben. Wir haben es nicht getan. Das hat Miche mit in den Abgrund gerissen."

Frühmorgens wartete Goster auf Ayse, seine Putzfrau.

10

Goster setzte sich vor seiner Wohnungstür auf die Treppe des Hausflurs, weil seine Putzfrau in der Wohnung nicht gern mit einem fremden Mann allein war. Er hatte zwei Tassen Kaffee gebrüht, zwei Franzosenbrotscheiben mit Marmelade bestrichen, stellte die Tellerchen auf die Treppe. Der Sprossenabsatz diente als Tischchen. Er breitete ein weißes SpitzenTuch dafür aus, das Ayse gebügelt hatte. Er erinnerte sich nicht einmal daran, sowas zu besitzen, aber so schön ausgelegt sah es aus wie eine kleine Geste.

„Brombeermarmelade und warten."

Ayse zog im Hinaufgehen den Schurz über, sah Goster so sitzen und sagte zur Begrüßung:

„Ein gerichtetes Marmeladenbrot schmeckt anders als ein selbst geschmiertes."

„Gerichtet?"

„Hab bei Schwaben geputzt."

Sie nahm Platz und tunkte das Brot in den Kaffee, biss ab mit einem lächelnden Mund und redete, nach dem sie alles geschluckt hatte: „Ich hab wieder bei meinem Sohn spioniert – er vergebe mir – und folgendes gefunden, auf einem Zettel (sie zeigte ihn und las vor, langsam, Buchstabe für Buchstabe).

Alles ist nur noch ein Theater ohne Grenzen und zum Publikum zählen ausschließlich die, die nicht begreifen, dass sie nur einem Schauspiel zusehen.

„Was studiert der, Herr Goster?"

Goster dachte: „Das Schönste ist das Selbstverständliche."

Ayse hatte Appetit.

Von oben kam ein Mitbewohner, ein Lehrer, die Treppe herab, ging zur Schule, ein netter Mann, 50, mit einer unzufriedenen Frau, der aufgegeben hatte.

„Mahlzeit."

„Mahlzeit."

Der Lehrer lächelte und kurvte geschickt um beide herum.

Goster sagte: „Ich erhöhe Ihr Gehalt."

„Schon wieder?"

„Bitte."

„Mein Mann wird misstrauisch."

„Nach meiner Theorie finde ich nur dann eine Frau, wenn mich eine Frau ins Herz geschlossen hat."

„Was ist mit Ihrer Assistentin?"

Goster schwieg.

Sie frühstückten auf der Treppe zu Ende. Beinahe glücklich.

Die Haustreppe vor der Wohnungstür war so ein Unort und nur an einem solchen war das Glück noch möglich.

11

Den Tag bestimmte Routine. Die Nacht das Fenster zur Stadt. Dann wurde es wieder Tag.

Das Kommissariat würden heute den Fall Herbot und die Umstände seiner Verhaftung abschließen, vorausgesetzt, Goster hatte keine objektiven Einwände. Objektive hatte er nicht.

Um 11 Uhr war die Konferenz anberaumt.

Als es Morgen wurde, duschte Goster, zog ein weißes Hemd über, rasierte sich zweimal, genau in dieser Reihenfolge, und betupfte den grauen Anzugkragen mit einem daumengroßen Rasierschaumfleck.

Man traf sich im Konferenzsaal. Kaffee und Brezel auf einem blauen Tablett. Alle saßen auf Metallstühlen, bis auf den Leiter der Abteilung, der mit der Akte in der Hand den Fall stehend abhandelte. Der Leitende hieß Holm, war klein und seit drei Jahren sehr rund geworden. Er war wenig älter als Goster. Das Gesicht wirkte jung und war faltenlos und hatte Knopfaugen.

Goster und Holm waren nie Freunde geworden, dazu waren beide zu klug.

Sie schätzten sich und dieses nicht zu verlieren, hielten sie Distanz.

In Holms Rücken war eine Leinwand aufgespannt und die Aufnahme der ÜberwachungsKamera mit Herbots Flucht lief darauf als EndlosSchleife.

Herbot lebte in dieser Aufnahme, wie das Insekt im Bernstein. Immer wieder zeigte sich dieselbe Szene auf der Leinwand. Ein verängstigter Mann, mit starrem Blick, rannte eine Straße entlang.

Über Herbots Gesicht auf der Leinwand huschte manchmal und unbeabsichtigt die SchattenHand des Leiters, der beim Sprechen wie immer mit den Händen gestikulierte.

Die Hand des Leitenden Kommissars tauchte unbeabsichtigt in das Projektorlicht ein, was die ständige Wiederholung der Filmaufnahme veränderte, weil jetzt ein neuer Schatten über den Dingen und über Herbots AngstGesicht lag.

Das Licht dunkeltedunkelte.

„Ein Mensch mit zwei Schatten", dachte Goster.

Die Kamera über der Eingangstüre des Opferhauses hatte folgendes festgehalten:

Herbot wischte sich mit einer Hand über das Gesicht. Atmete tief aus, klingelte, wurde eingelassen. Er erinnerte an einen Künstler mit

Lampenfieber, der die Bühne betritt und einen Selbstsicheren mimt.

Die ÜberwachungsKamera des Nachbarhauses hatte folgendes festgehalten:

Herbot, an jenem Sonntag in Hamburg, verließ das Haus des getöteten Kaufmanns und rannte unmittelbar am Nachbargrundstück vorbei, aus dem gefilmt wurde.

Das Gesicht gefurcht von AngstFalten, die Augen starr, nur in die Ferne blickend, der Mund halb offen. Er bewegte sich gehetzt, nicht gesucht unauffällig, rannte, von Rache-Geistern gejagt, hatte weder Taschen noch sonst ein Behältnis mit sich.

„Weint er?"

Herbot lief in das Auge der Kamera, das Gesicht offen und ohne sich vor Entdeckung zu schützen.

Die Schattenhand des Leitenden Kommissars berührte jetzt wieder Herbots Gesicht auf der Leinwand, das Gesicht tauchte ganz in das SchattenDunkel, als wiederholte sich auch sein Tod.

„Das SchattenGesicht. Erschrockene Notiz eines Menschen, der die Welt verlassen wird, der etwas gesehen hat, was ihn übersteigt. Der diesen Tod nicht wollte, der ihn nicht in Kauf nahm, der diese Tat nicht plante, vielleicht auch nicht begangen hat", dachte Goster.

„Noch Fragen?" sagte der Leiter.

„Ich sah einen Menschen beim Davonrennen mit Angst im Gesicht", Goster antwortete klar und schaute dabei niemanden an.

„Schließen wir den Fall ab," hörte er.

Das Kommissariat als Institution war wie bei jedem Fall im Kern unberührt von den Ereignissen.

Das gerettete Mädchen wurde gefeiert, der tote Herbot als Verbrecher gesehen, nicht als Mensch, nur als Fall.

Goster wusste zu gut, wie überall war die Institution wichtiger als die Summe der Ereignisse.

Fast alle Kollegen im Dienst hatten die Eigenschaften des Dienstes angenommen, so wie manchmal Singvögel die Geräusche der Umwelt annehmen und die Töne der Weckuhren, die aus den Fenstern klingeln, nachahmen beim Morgenpfeifen. Die Kommentare waren gesättigt von Gleichgültigkeit, versüßt durch ein bequemes Durchkommen im eignen Leben, mit Ausnahme von H., weil sie innerlich schön war.

„Vielleicht pfeifen die Vögel wie Wecker", dachte Goster, „weil die Wecker schöner klingen als die Klimaanlagen."

„Herr Goster hat Zweifel," rief Napoleon, wie immer auf dem Sprung, sich vorlaut vor die andern zu stellen und vorzustellen.

„Ein Kind von drei Jahren wäre fast gestorben, man hätte wahrscheinlich den Zugriff verzögern müssen, an einem sicheren Ort vollziehen können, ohne Gefährdung für andere."

„Aber vielleicht wäre er uns dann durch die Lappen."

„Der Erfolg lässt die Verluste immer kleiner werden."

Goster hatte dies nur genuschelt, aber alle hörten zu.

„Um was geht es, Herr Goster?" Der Leiter stellte das Licht des Projektors ab.

„Ich hab ein verdammtes Wunder gesehen und ich will wissen, warum."

Goster sagte in die Runde: „Können wir diesen Film wieder anmachen, er ist nicht zu Ende."

„Wir wissen, wie es ausgeht", Napoleon machte Witze und lachte als erster.

H. schaute auf Goster, lange, der Blick wurde nicht erwidert. Sie ahnte, dass er den Fall für sich nicht ablegen würde, weil etwas, was er vielleicht selbst nicht beschreiben konnte, ihn dazu zwang.

„Was ist denn so schwer, Goster?" fragte der Holm.

„Nichts und nichts wiegt schwerer", antwortete Goster.

„Sein Tod ist nicht Ihre Schuld."

„Und wenn er geflohen wäre? Andere gefährdet, Geiseln genommen hätte, Gladbecker-Wahnsinn?" Napoleon, der Ehrgeizkollege, brachte Beispiele als Zeugen ins Spiel.

„Die Rolle von Generälen, die zufrieden nach der Schlacht auf dem gestriegelten Pferd das Schlachtfeld und die Toten abreiten, sollten wir den Generälen überlassen und ihren hübschen Pferden."

Napoleons Mund sagte: „Hä?"

Napoleon, der kleine, rundliche Kollege, der Zweifel im Allgemeinen, soweit sie nicht der allgemeinen Meinung entsprachen, nicht zur Kenntnis nahm, blickte beleidigt.

„Ich kann es nicht akzeptieren, einen Fehler zu entschuldigen durch die Möglichkeit, ihn zu ignorieren." Goster blickte niemanden an.

„Der Fall ist abgeschlossen."

Diese Stimme gehörte wieder dem Leiter der Abteilung. Die Staatsanwaltschaft hatte für den raschen Erfolg gratuliert und gleichzeitig ihr Bedauern mitgeteilt, dass dieses Kind beinahe zu Tode gekommen war. Dies war wahrscheinlich die Wahrheit. Ein Wunder.

„Nein."

„Was wollen Sie, Goster?"

„Den Fall nicht abschließen."

„Er ist geschlossen."

Goster erhob sich. Rückte leise den Stuhl an den Tisch und stellte sich, die Hände auf die Lehne gestützt, dahinter.

„Ich hab's vermasselt, aber ich will wissen, was."

„Wir haben alles richtig gemacht", sagte der Vorgesetzte.

„Lieber Kollege Vorgesetzter", sagte Goster mit getragener Stimme laut ins Plenum der Abteilung, „wir haben den Tod richtig gemacht. Den Tod zu machen erlaube ich niemandem, auch mir nicht."

„So habe ich das nicht gemeint."

Gosters Vorgesetzter betrachtete Goster, bemerkte den Rasierschaumfleck, schickte alle aus dem kleinen Konferenzzimmer hinaus.

„Hinaus", sagte er, „der Fall wird heute nicht abgeschlossen", und er bat Goster, für diesen Tag Urlaub zu nehmen und wischte den Fleck väterlich vom Kragen mit einer weißen Serviette, die er vom Tisch nahm.

Das Bild des Mädchens in der Luft hatte alle berührt. Man glaubte jetzt, dieses Erlebnis habe bei Goster ein zwanghaftes Suchen nach allgemeinen Wahrheiten ausgelöst, wie es Trauernde oft empfinden, wenn sie am Grab stehen, ähnlich der EndlosSchleife auf der Leinwand, die wieder zu laufen begann. Goster hatte den Projektor demonstrativ wieder eingeschaltet.

Hätte Goster mit dem Gefühl argumentiert, in diesem Fall weiter ermitteln zu müssen, weil Herbots einsamer und angstlächelnder Gesichtsausdruck nicht zu einem kalt handelnden Täter passte, der Fall wäre zu den Akten gegangen. Gefühle kann man nicht abheften, also kommen sie in der Analyse nicht vor.

Aber die Unruhe auf Gosters Kleidung durch einen unbestimmten Fleck war stärker als jedes Argument. Der Fleck war a priori nicht an seinem Fleck.

Niemand verwendete mehr Sorgfalt auf die Kleidung als Goster und wenn er mit solchem Makel das Büro betrat, stand es ernst um ihn. Er war unordentlich zwar, unfähig, eine Wohnung in Ordnung zu halten, das wusste jeder, aber akkurat wie ein Modeheft in der Kleidung.

12

H. wartete draußen am Flurende des Konferenzzimmers auf diesen Goster, der wütend 10 Schritte nach Westen setzte, dann langsam auf dem Absatz drehte und wieder zurückschritt.

Sie hatte ihn längst durchschaut, auch in diesem Käfigmarsch vor und zurück spielte er nun den in Zweifel Gefangenen.

„Alle guten Polizisten sind Schauspieler", H. grinste nicht, aber ihre Augen leuchteten vor Vergnügen.

Er antwortete lächelnd: "Auch deshalb, weil die Gerechtigkeit die schlechten Stücke schreibt, den Bösen kann jeder spielen, der Gute ist das Problem."

„Haben wir gute Rollen?"

„Wir tun so."

H. wusste es, er spielte auch in diesem Satz Theater.

„Warum wollen Sie den Fall nicht abschließen?"

„Nicht heute."

„Warum nicht?"

„Es wiederholt sich."

„Was?"

„Die Stadt will es so."

Alle an der Konferenz Beteiligten hatten Mitleid mit Goster und schritten an H. und Goster mit BedauernsBlicken und prozessionsgemessener Langsamkeit vorbei, denn H. und Goster standen wegversperrend in der Gangmitte, zwischen Konferenzraum und den Einzelbüros, als eine Art lebendes Hindernis. Es war beiden entgangen, so sehr mit sich beschäftigt, dass die andern mit seitlichen Tippelschritten und Baucheinziehen sich vorbei zwängten und in ihren Büros still verschwanden, als sei ein zweites Unglück geschehen, nämlich: Goster nicht mehr bei Sinnen.

Napoleon (in Wirklichkeit Haro Übereberschmidt oder auch Lembke), der kleine ewige Zeuge seines beruflichen Aufstiegs, nickte mit gehobenem Verständnis und hätte sich am liebsten zu Goster und H. dazu getrollt, als würde damit mit Goster und H. für immer ein Kreis der Freundschaft geschlossen werden, der förderlich für seinen Aufstieg sein konnte.

Goster sah ihn nicht an.

„Auf Beerdigungen empfinden die Gefühls-Armen dadurch Trauer, dass sie den Trauernden peinlich nahe rücken."

Genau dieses sagte Goster zu ihm, wobei er wütend abdrehte.

„Was haben Sie gegen mich?" rief Napoleon ihm nach.

„Sie sind klüger als ich und machen nichts draus."

Nur Hämmerle, der auch zu dieser Besprechung im Laborkittel erschienen war und die Butterbrezeln vertilgte, blickte vor sich hin, weil es ihm egal war und die Brezel liegengeblieben waren.

Der Fall Herbot war vertagt.

Hämmerle sagte mit vollem Mund zu Goster:

„Das Problem ist diese Sauerei, sie spritzen die Butter in die Butterbrezel, anstatt sie aufzuschneiden und dünn zu bestreichen. Das ist Barbarei."

13

Goster trank roten Wein. Der Asphalt war schwarz. Die Mittellinie weiß, wie ein Trinkspruch, der sich aus der Dunkelheit erhob. Ein weißes Fahrzeug kam in Schlangenlinien angefahren, einen Gang zu hoch, mit heulendem Motor. Der Wagen stoppte und vier sprangen hinaus und verschwanden in einem Hausgang, ohne dass im Türglas ein Licht anging. Den Fahrer hatten sie in die Mitte genommen, weil er zu betrunken und schwankend sonst auf den Bürgersteig gefallen wäre, so sehr waren sie in Eile.

„8 Promille im Quartett."

Goster schaute die Straße. Wieder am Fenster. Wieder in seiner Nacht.

Die Ampeln abgeschaltet.

Wieder warten.

Nur am Fenster stehen.

Die Ahnung der Veränderung.

Goster stand am Fenster. Wieder war es tiefe Nacht geworden. Er fand keinen Schlaf.

Diese seine Stadt, der Kampf mit dem Warten, machte ihn müde und schlaflos zugleich.

Er schaute ziellos. Wartete auf nichts.

14

Im Moment, als ein zweiter Schlangenfahrer die Straße verließ, in eine dunkle Nebenstraße einbog, zerriss ein Feuerschlag die Dunkelheit der Nacht, so gewaltig, dass Goster, der FensterSeher, das Brennen in den Augen wie Nadeln fühlte und den Kopf zur Seite wegdrehte.

Der Schmerz war so stark und spezifisch, dass er die Erinnerung an alle ähnlich erlebten Schmerzen wachrief, lagen die Schmerzen noch so weit zurück. Feuer entfesselt die Erinnerung.

Als Kind, als er dem jungen Arbeiter beim Setzen einer blauen Schweißnaht am eisernen Gartentor zusah, wäre er fast blind geworden. Obwohl die Schweißflamme die Sehkraft beinahe ausbrannte, zwang er sich, in die blaue Flamme hinein zu sehen.

Jetzt grellte eine solche schwere Flamme, nur viel größer, vor seinen Augen wieder auf und er fühlte auch den alten Schmerz. Der Schmerz aus dem plötzlich erlebten AugenBlick verband sich mit dem Schmerz der Erinnerung zu einem einzigen Schmerz.

Vielleicht war es nur die Angst, die alles verstärkte.

Das Ungeheuer der Blindheit leckte über seine Augen.

Zwei, drei, vier Sekunden sah er das ewige Dunkel vor sich, beschirmte mit der Hand schließlich die Augen und begann ganz langsam zu erkennen.

Dort vorn, 500 Meter von seinem Fenster entfernt, loderten Flammen aus einem Haus, im dritten Stockwerk.

Das Haus umhüllte ein weißblaues grelles funkenglühendes Licht, wie aus Millionen von riesigen Wunderkerzen herausgeblasen, jeder Funke wie eine kleine Schuppe, vom Kopf eines Ungeheuers abgeschüttelt.

Eine stumme Explosion erschütterte das Haus, in das zuvor diese vier Männer aus dem weißen Fahrzeug hineingestürmt waren. Die Fassade schwankte, wie bei einem Erdbeben, aber zerfiel noch nicht. Alles geschah ohne ein Geräusch, wie der Katastrophe nur von den Lippen gelesen.

Das Fenster im dritten Stock goss, wie der Mund eines Wasserspeiers den Regen, einen Lichtbogen nach außen, das Lichte stürzte zu Boden und bildete auf dem Trottoir und der Straße Pfützen aus Licht, die mit Blasen kochten, weißsilbern, wie ein Mond, der flüssig wird.

Funken, die immer weißer wurden, schossen eine Minute lang aus dem Fenster, beinahe sah es festlich aus, ein absurdes großes Wunderkerzenfeuer, das für das Fest des Untergangs abbrannte.

Ein silberner Mond, der Tropfen aus seinem glühenden Innern verliert, so sah es aus.

Goster wusste sofort, dass er so eine Flamme noch nie gesehen hatte.

Die Straße lag vollkommen still. Noch setzte der Trümmerregen nicht ein. Die Explosion brachte das Haus zwar zum Zittern, aber ohne ein Geräusch.

Ein Stummfilm der Wirklichkeit zeigte Bilder, die Gosters Vorstellungen überstiegen.

„Weißer als Magnesium, in einer lautlosen Stichflamme ist das Zimmer explodiert."

So beschrieb Goster Hämmerle das Unglück am nächsten Tag in seinem kurzen Bericht und fragte, was das sei.

„Uns zwanzig Jahre voraus."

„Keine laute Explosion. Die Lüge der Stille. Wie auf einer Leinwand des Todes. Eine Explosion ohne Knall. Mit dieser Methode könnten ganze Städte in Trümmern versinken und wir würden ruhig weiterschlafen."

„Der neue Friede." Hämmerle leckte sich mit der Zunge die Lippen, er hatte zwar keinen Hunger, aber Lust auf etwas Süßes.

„Was das Unwirkliche verstärkte, war die Dunkelheit nach dem Feuer. Rasch, ohne Einwirkung, wie ausgeknipst, erlosch der Lichtstrahl aus dem Fenster. Der LichtSee auf dem Asphalt und der FeuerFall aus dem Fenster verebbten zugleich. Eine zähe Dunkelheit, wie eine Schale, umschloss die Straße. Es war dunkler als jemals zuvor."

Hämmerle antwortete nicht weiter. Dinge, die nicht erklärbar waren, waren nicht sein Ressort. Er rieb sich die Augen.

Mit derselben Geste hatte Goster sich die Augen gerieben, als er in der UnglücksNacht am Fenster stand und die stumme Explosion seine Welt in eine andere Welt verwandelte.

Nachdem das Licht erloschen, wusste er nicht: „Bin ich blind oder ist das Dunkel überall? Dringt es in mich ein, wie die Luft beim Atmen?"

Er stand am Fenster, ja, und staunte. Ein Staunen der Lähmung nah.

Ein Schlangenbiss in jeden Gedanken. Gedanken...

Die Stadt, wie immer nach Katastrophen, war den Menschen ferner geworden. Wie ein verletztes Tier zog sie sich zurück. Die Stadt war nicht mehr ein Hort des Schutzes, sondern der Verstecke.

Eine schwarze Stille legte sich auf alles, wie Asche nach dem Feuer in einem schwarzen Regen.

Die Dächer dunkler als sonst.

Auf Gosters Fenster setzte sich der Staub in einer trägen Wolke langsam ab, wie dunkler Schnee.

Nur das Geräusch des Atmens. Nur die linke Hand, die mit den Fingerkuppen gegen das Fensterglas trommelte. Wie ein Insekt, das auf der Stelle gräbt.

Dann begann die Stadt zu brüllen.

Gosters Hände schlugen reflexhaft auf die Ohren und drückten sie zu.

Ein Schrei, wie er ihn nie gehört hatte, gellte aus dem Haus, dort vorn, nach außen.

Als ob die Steine schreien würden. Das Haus schrie vor Schmerzen.

So hatten die Sirenen des Homer geklungen, als sie Jagd machten nach den Schiffen und den Herzen der Matrosen. Diesmal war es die

Seele von Goster, die fast verrückt wurde ob dem Geschrei, das alle Sinne überstieg.

Hämmerle erklärte später die Ursache des Schreis.

Nach der Explosion hatte die Hitze des Feuers allen Sauerstoff im Zimmer verbraucht. So erstickte das Feuer an sich selbst und die Luft strömte von außen durch die Fensteröffnung ins Vakuum des Zimmers zurück. Wie durch das Mundstück einer gewaltigen Flöte wurde die Luft vom Vakuum hinein gesogen.

Wenn die Hölle Musik macht, dann auf diesem Instrument.

Obwohl Goster sich die Ohren mit den Händen zuhielt, tropfte Blut aus der Nase. Seine Zunge leckte das Blut ab. Draußen war eine andere Welt auferstanden und er hörte den Schrei dieser Geburt.

Goster schrie auch.

Schrie lange.

Und auch die Straße schrie jetzt, die Menschen, die dort lebten. Aus dem Innern der Häuser der Nachbarschaft, überall drangen Schreie heraus, weil ein Teil der Fassade des Hauses dort, auf das Goster immer noch starrte, als Folge der stummen Explosion auf die Straße stürzte.

Steine und Staub und Rauch überschütteten die Fahrbahn. Das Grollen von Lawinen rollte zwischen den Häusern und drohte alles mitzureißen.

Die Hitze und der ExplosionsDruck hatten ein kreisrundes Loch aus der Fassade des Brand-Hauses wie nach Maß heraus gesprengt. Eine vollkommen gerundete HöhlenÖffnung blieb zurück.

Das runde Mauerteil kippte kopfüber wie ein riesiger Teller zur Erde. Der Staub mästete die Luft. Der Schutt trommelte den Asphalt.

„Gott spielt Schlagzeug!" entfuhr es Goster.

Das Licht der Straßenlaternen, die nicht erloschen waren, zeigte eine TrümmerLandschaft aus Schutt und dunkelvioletten Schatten und oben auf dem Steinhaufen lag der herausgesprengte Fensterrahmen aus Metall, zu einer gekrümmten Skulptur verschmolzen, einem Menschen ähnlich, der sich zu den Steinen legt und einen Arm in den Himmel streckt.

Goster stand in seinem Zimmer wie ein Möbelstück, vor das Fenster gerückt.

Er war ohne Zeitgefühl vor Schreck, nicht er blickte, das Geschehen blickte ihn an, und dieser Blick ließ ihn nicht los.

Seine Wohnung war weit genug vom Geschehen entfernt, so dass seine Fenster nicht an der Druckwelle zerbrochen waren, andere Fenster ihm schräg gegenüber, ja.

Jetzt blinkten überall die Lichter auf, in den Fenstern der Wohnungen und im Hausflur.

Und Menschen strömten zum Geschehen aus den Haustüren und von den andern Straßen herbei, Entsetzen und helle Erregung über ein Ereignis, das die Sinne überstieg, mischten sich.

„So beginnen und enden Kriege", dachte Goster.

Rufe und Schreie jagten den trampelnden Schritten hinterher, Hände schlugen sich an den Kopf und streckten gleichzeitig Handys in die Luft, fotografierten das Verlorene, um sich mit den Fotos ans Unglück zu heften. Dieses sich Abgrenzen, durch SchadenFreude und NeuGier, machte die Menge mitleidlos und unvorsichtig, drängte die erste Reihe der SchauLustigen immer näher an das Haus.

„Wirklich umsonst ist das Leid der andern."

Allein Gosters Blick fand aus allem wie immer das fremde Detail.

Als wäre nichts geschehen, als wäre das Haus nicht zerbrochen, als wäre eine Wohnung nicht lautlos explodiert und ein Teil der Fassade zu Staub geworden, als wäre das Laternenlicht nicht rauchgedunkelt auf halbes Licht herabgefallen, wurde die Haustüre des UnglücksHauses von innen weit aufgestoßen. Die Türe, was ein Wunder war, funktionierte noch, eine Frau schritt ganz normal hinaus aufs und übers Trottoir, in einem grauen Rock, die Hände in schwarzen Handschuhen, einen Schal um den Kopf geschlungen, als ginge sie einkaufen.

Sie verließ das Haus, an der Menge vorbei, ohne sich umzudrehen, zeigte keine Reaktion über das Wunder zu überleben, sondern schlich sich langsam davon, in Gosters Richtung, wie ein Dieb, und beschleunigte die Schritte, ohne sich umzublicken, um ruckartig in eine SeitenStraße und in die Dunkelheit dort abzubiegen. Als wolle sie nur unerkannt mit dem Dunkel dieser SeitenStraße verschmelzen. Diesen Eindruck hinterließ sie bei Goster.

Andere Bewohner aus dem Haus, die entkommen waren, bekreuzigten sich, in der Religion des Glücks, und suchten nach Freunden, Familie, Nachbarn oder sich selbst.

Weil Aufregung blind macht, fiel diese Frau niemandem auf, nur eben Goster auf seinem Hochsitz am Fenster mit Blick auf die Stadt. Aus der Dunkelheit dieser Nebenstraße, in der die Frau verschwunden war, flackerte ein rotes Licht, in der Stärke eines RückLichts, etwas schwächer als eine Ampel. Goster vermutete ein Fahrzeug, das anfährt, hörte aber keinen Motor.

So dachte er und sah wieder auf die Straße.

Die Katastrophe, wie ein Surrogat von Drogen, verwirbelte die Wirklichkeit, erzeugte Bilder, fern wie ein Rausch.

Bilder, die an die Hölle erinnerten und an den jüngsten Tag.

Die Lust am UnterGang in den Gesichtern der SchauLustigen erwachte und lachte.

Wieder wurde die Haustüre aufgestoßen. Ein Alter in Unterhosen stürzte hinaus.

Eine Frau half ihm auf, eine andere fotografierte, mit zwei Handys.

Der Alte in Unterhosen weinte.

Immer mehr SchauLustige, deren Neugierde größer war als die Furcht, drängten sich dichter an die Trümmer heran.

Der nächste Schritt wäre die Umarmung. Dann der Kuss.

Es war nicht nur ein Unglück. Es war auch ein Unglück am andern. Das Mitleid starb. Und auch die Stadt. Die Stadt war still, wie mit einem Knebel im Mund. Oder wie der Krater eines Mondes.

Goster sah die Bilder nur noch im Einzelnen, lose Fragmente auf dem Grund der Nacht.

Eine alte Frau in Strumpfhosen warf sich auf die Straße, eine junge Frau trug ihren Hund im Arm nah zum Geschehen und wollte ihn nicht absetzen, obwohl das Tierkind zappelte.

Ein Kind kletterte aus einem Fenster im Erdgeschoss.

Blitzlichter prunkten. Eine Mutter schrie. Ein Kind schrie.

Schon schossen die Fahrzeuge der Polizei durch NeuGierGassen aus Menschen, in halsbrecherischer Fahrt.

„So schnell."

Die Feuerwehr.

„So schnell."

Weiße Schutzanzüge stürmten ans Haus, Leitern rauschten auf, abgerollte Schläuche sprühten Schaum in die explodierte Wohnung, innen suchten Feuerwehrleute nach Verletzten, fanden vier Tote, auf dem Boden, von der stummen Explosion zerrissen, in den Flammen verkohlt, eine Leiche ohne Kopf.

Goster wandte sich vom Fenster ab, als das Telefon klingelte, hörte H.s Stimme, die sich Sorgen machte. Die Explosion hatte sich in Gosters Straße ereignet. Sie hatte es per Einsatzruf erfahren.

„Hab alles gesehn."

„Wie geht es Ihnen?"

„Bilder im Kopf."

„Was gesehn?"

„Diese Frau verließ das Haus in einem grauen Rock, den Schal um den Kopf geschlungen, sie trug schwarze Handschuhe und verdrückte sich in eine Nebenstraße, wie um unerkannt zu bleiben. Also, wenn es eine Bombe war, sie würde ich suchen. In der SeitenStraße wartete wahrscheinlich ein Auto auf sie, ich sah ein rotes Licht aufflackern, wie von einem Rück-Licht.

„Was?" H. staunte. „Was? Einen Moment…"

H. schickte Kollegen dieser Frau hinterher, was Goster längst hätte erledigen sollen, aber durch die Lähmung nicht konnte.

Unten rannten vier Polizisten los, von H. durch Funk angewiesen, die Verdächtige einzufangen.

„Vielleicht kriegen wir sie." H. war ans Telefon zurückgekehrt.

„Ich habe wieder alles gesehen. Komischer Tag. Keine Ahnung, warum die Zeit weiter geht."

„Sie sollten nicht allein bleiben", sagte H..

Goster schluckte, weil er eigentlich, als er ihre Stimme hörte, genau dieses dachte.

„Vielleicht ist die Luft vergiftet, sagte H.. Sie können im Revier übernachten.

Und Goster begriff, dass sie etwas anderes meinte als er.

„Das geht schon. Ich hab kein Fenster auf."

„Bis Morgen."

Und so fühlte er sich auch in seinem Leben, in diesem AugenBlick. Er hatte ein Fenster zu den Katastrophen. Das Fensterglas zu den Katastrophen war noch nicht zerbrochen. Vom Unglück durch eine dünne Glasscheibe getrennt. Der Rauch drang nicht ins Zimmer.

Danach ging er zu Bett, entkleidete sich, verstreute die Kleider, schlief in der Unterhose.

Und die Luft vergiftet, nein, das glaubte er nicht.

Das Nachdenken zwang ihn wieder aus dem Bett. Goster zog rasch Hose und Hemd über, schritt barfuß die Haustreppe hinab, drückte die Klingel der Wohnung unter ihm, bei der Frau mit den zwei Kindern, die für ihn manchmal Bestellungen bei Zalando machte. Er klingelte sich selbst hellwach, klopfte gegen die Türe, rief seinen Namen – „Ich bin es, Goster" – und erblickte endlich ihr Gesicht im Türspalt. Ihre Augen waren, als Folge der Ereignisse, mit Tränen gefüllt. Sie nickte schwer und machte den Eindruck einer Betrunkenen, verwirrt von den Ereignissen. Auch sie hatte etwas gesehen, das ihre Vorstellung überstieg.

Gosters Hand reichte ihr einen Autoschlüssel und zwei Geldscheine, er sagte: „Gehen Sie mit den Kindern irgendwohin, für heute Nacht."

„Und Sie?"

„Bin im Dienst."

Oben im Haus schlugen zwei Türen. Das ganze Haus brach auf. Ja, die Straße brach auf. Dieses Licht. Dieses Pfeifen der Katastrophe, dieser SirenenGesang, weckte die Erinnerung an Flucht, die tief in jedem schlummert.

15

Goster war allein im Haus geblieben, nachdem er die Nachbarin weggeschickt hatte und alle andern geflohen waren.

Das Radio spielte.

Er sah dabei aus dem Fenster.

Feuerwehrleute trugen Masken.

Goster trank, die Flasche in der Hand, das Licht im Zimmer gelöscht. Das Blaulicht der Einsatzfahrzeuge leuchtete durch das Fenster in sein Dunkel. Sein Gesicht angeblaut und wie zwischen den Welten, irgendwo da oben, nah dem Himmel, in einem welken Äther gefangen.

Das Unpassendste war jetzt, zu tanzen. Aber wie Planeten sich um die Sonne drehen, drehte Goster sich im Kreis.

Ein englisches Lied trug das Wort ‚love' zu ihm hinauf in den vierten Stock und ließ es fallen. Wie ein toter Vogel, der vom Himmel stürzt.

Beim nächsten Lied hielt er inne, lauschte und vergaß alles.

In seiner Jugend hatte er es zuletzt gehört. Bei manchen Liedern, die man vergessen hat, öffnet sich mit dem ersten Ton des Liedes die weite Zeit zurück.

Er drehte sich im Tanz und streckte die Hände in die Luft. Und schnippte mit den Fingern.

„Wie hießen die? – Witthüser und Westrupp", lachte er.

„Reise, lass uns auf die Reise gehen. Lass uns auf die Reise gehen. In andere Landschaft, wo das Lieben nicht müde macht."

Nur diese Zeile wiederholend und wiederholend und wiederholend:

„Lieben nicht müde macht..." und dann:

„Fremdes Land zu suchen – wo man... ohne Theater stirbt."

16

Am Morgen war das UnglücksHaus herme-
tisch abgesperrt. Das Loch in der Fassade im
dritten Stock mit einer garagentorgroßen Plane
verschlossen. Das Trottoir und die Straße mit
Schaum übergossen. Dort, wo letzte Nacht die
FeuerPfützen mit zerplatzenden Blasen tick-
ten, war eine 10 cm dicke Masse erkaltet, sie
lag wie Schorf auf dem Trottoir, gelb wie Kle-
ber, der nicht mehr härter wird.

Der weiße Schaum des Lichts war über Nacht
gelb und rau geworden.

Schwarze Fahrzeuge bildeten einen Halbkreis
um das Haus, wie eine Wagenburg.

Polizisten verscheuchten HobbyFotografen.
Männer in schwarzen Anzügen telefonierten
aufgeregt. Goster erkannte einen Kollegen aus
dem StaatsSchutz und begann, die vertikale
Dimension der Explosion zu begreifen. Die
Art des Feuers machte die Nacht bedeutend.

„Städte können verrecken und niemand hört
zu."

Im Netz wurde spekuliert, ein BombenBauer
habe sich selbst in die Luft gesprengt. Tage
später wurde diese Variante in den Zeitungen
als Tatsache nachgedruckt.

ZeitungsPapier, bedruckt mit dem Schatten der Spekulation.

YouTUBE zeigte hunderte HandyAufnahmen, die das Unglück dokumentierten.

SchauSteher bevölkerten die nächsten Tage die Straße, ließen die KurzBeiträge auf den Handys ablaufen und hoben immer wieder prüfend den Blick vom BildSchirm, die Bilder aus dem Netz mit dem realen Bild vor Augen zu vergleichen.

Zu den Ereignissen kamen neue Ereignisse hinzu. Die Lächerlichkeit der Nebengeschichten.

Fernsehteams parkten mit Übertragungswagen.

Eine alte Frau wurde interviewt, die eine Katze vermisste.

Der Sprecher der Staatsanwaltschaft, eine junge Juristin, erklärte vor Ort in eine Kamera, die Ursache sei nicht zu erkennen.

„Wir wissen noch nichts Bestimmtes."

Nachbarn berichteten über ein Pfeifen und Heulen, „...wie wie wie..." stotterte einer in die OnlineÜbertragung, „...eine Hööööllenmaaaaschine!"

Und eine junge Frau beschrieb das fallende Feuer aus dem Fenster als brennenden Wasserfall mit brennenden Schaumkronen, so grell, Wahnsinn, als ob alles blind werden sollte. Dann ein Pfeifen, als ob alles taub werden sollte.

Sie war nicht betrunken, sie schrieb Gedichte.

17

Goster ging zu Fuß ins Büro.

Es dauerte mehr als eine Stunde.

Ein Radfahrer hätte ihn beinahe überfahren.

„Das Leben geht weiter. Nach so einer Nacht. Man wird später umgebracht."

Der Radfahrer staunte über den Satz, der ihm zugerufen, dachte aber nicht darüber nach.

„Ich hätte auch tot oder unsterblich sein können", sagte Goster später zu H..

Ausnahmsweise benutzte er heute den Aufzug. Napoleon, der gleichzeitig eintrat, tat es ihm nach.

„Was haben Sie gegen mich?"

„Heute nichts."

Goster hatte das kleinste Bürozimmer im ganzen Kommissariat, eigentlich ein Abstellraum. Die Kollegen, ihm untergeben, teilten sich gemeinsam einen Großraum. Gosters Schreibtisch, als Zentrale und Knotenpunkt des Denkens, sollte eigentlich dort stehen als Mittelpunkt.

Er aber zog es vor, allein zu sein.

„Der Abstand", sagte er zu H., die vor einem Jahr nach dem Grunde für das SchrumpfBüro gefragt hatte, „ist die eigentliche Größe des Lebens."

„Abstand zu was?"

„Das ist die Frage."

SchrumpfBüro, das Wort gefiel ihm und so nannte er es auch.

H. trat in dem AugenBlick ein, als Goster an sie dachte.

Es verändert alles, wenn man nur weiß, dass es sich verändern könnte.

H. fragte, was geschehen sei.

„Fragen wir Hämmerle, soviel ich weiß, hat er gestern als einer der ersten den Tatort unter-sucht."

Hämmerle, wenig jünger als Goster, aber älter aussehend.

Als hätte Hämmerle gewartet, dass man an ihn dachte, kam er sofort. Er klopfte und Goster und H. riefen gemeinsam: „Herein, Herr Hämmerle!"

Ereignisse sind nicht vorhersehbar, aber die Wiederholung. So wird das Vorhersehen der Wiederholung zum letzten Ereignis.

Zu viert war es sehr eng in dem Raum des SchrumpfBüros. Hämmerle zählte im Umfang für zwei.

Goster bat Hämmerle, zu berichten.

„Ich war im dritten Stock, im Zimmer der Explosion. Das war kein Feuer, das war eine Waffe."

„Kaffee?"

„Haben Sie eine Brezel?"

„Kekse."

„Welche?"

„Hallo?" fragte H..

„Sie haben mir die Notizen weggenommen, sie hätten am liebsten auch meine Augen mitgenommen."

„Wer genau?"

„BundesKriminalAmt."

„Nicht mehr unser Fall."

„War es nie, Herr Goster. Hängt ganz oben."

„Was hängt da, Hämmerle?"

„3000 Grad Hitze. Der Explosionsdruck sprengt die Fassade heraus. Der Sauerstoff verbrennt, das Vakuum saugt für Sekunden alles in sich hinein. Die vier Toten hatten aus diesem Grunde sich quasi im Feuer umarmt und weil das Wasser aus ihren Körpern verdampfte, sind sie auf die Hälfte geschrumpft. Es war wie bei den FeuerBränden in Dresden, Hamburg und Freiburg, wie wenn der Feuersturm alles in sich einzieht. Die Miniatur des Krieges geht durch unsere Stadt spazieren. Der Krieg im Kleinen."

„Was für ein Sprengstoff?"

„Uns dreißig Jahre voraus. Die Macht eines Luftangriffes in der Hosentasche. Die Welt erfreut sich eines gewaltigen Fortschritts. Ich hab's nie erwähnt, Goster, ich komm aus dem Schwäbischen, aus Rottweil. Dort hat ein Herr Duttenhofer vor knapp 200 Jahren das rauchlose Pulver erfunden und die Stadt wurde steinreich. Ohne den Qualm konnten fortan Schützen und Kanoniere nach jedem Schuss sofort wieder zielen und schießen, denn keine Rauchschwaden verrieten den Standort der Schützen oder vernebelten deren Blick. So eine Wende ist unser Fall, eine Explosion ohne Knall. Diese ungeheure Hitze macht viele Menschen reicher. Wir könnten den Reichstag verbrennen, ohne eine Spur. Als ich Kind war, dachte ich, den größten Lärm im Universum macht die Sonne. Vielleicht brennt sie doch leise? Kennen Sie Rottweil, Goster?"

„Nur den Hund."

Hämmerle ging einfach davon.

Und Goster dachte: „Die Guten gehen allein."

H. fragte: „Was ist wirklich geschehen?"

Und er sagte: „In die Zukunft zu sehen heißt rückwärts gehen, in den Angriff auf Dresden.

Es wiederholt sich. Die Städte sind das Ziel."

„Das heißt?"

„Herbot ist wieder unser Fall. Die Stadt geht uns nichts an."

18

Goster, nachdem H. ihn verlassen hatte, trat in seinem Büro wie auf der Stelle. Schaute aus dem Fenster. Verließ das Büro. Zwei Kollegen grüßten, er ging davon.

Verließ das Kommissariat, blickte links, blickte rechts, mit Vorsicht die Straße überquert, schlenderte, ja schlenderte, durch eine Unterführung. Ein kleiner Mann, zu alt für den Ort, spielte Gitarre, zupfte eine Cat Stevens–Melodie, die niemand von den Jungen mehr kannte. Lisa Lisa.

Er sang nicht schlecht. Als Goster mit Eurostücken danken wollte, rannte der Gitarrenspieler davon.

Goster dachte: „Die Dinge geraten außer Kontrolle."

In seinem Rücken, als Goster in die andere Richtung davon schritt, hörte er den Mann mit der Gitarre „lass uns auf die Reise gehen" singen und Goster wunderte sich nicht. Er sang mit. „Wo man ohne Theater stirbt, das Lieben nicht müde macht."

Er dachte: „Wohin geht die Reise?" Schloss die Augen. Sah die Stadt brennen. Statt Bomben aus dem Schwarm der Flugzeuge ließ eine vermummte Gestalt Tropfen fallen aus einem braunen Apothekerfläschchen. Goster zwang sich, nicht zu denken.

Hinter der Unterführung erhob sich die Konkurrenz von drei Möbelgeschäften, in den Schluchten parkten Kunden, er lief zwischen den Fahrzeugen, durchstreifte einen kleinen Park. Unter einer Ulme spielte ein alter Mann mit sich allein Boule, er warf eine Kugel und versuchte, aus ca. 8 Metern mit den andern Kugeln diese zu treffen. Er traf nicht.

Goster blieb stehen.

„Ich bin ein Scheiß–Tireur."

Goster nickte, fragte: „Boule?"

„Pétanque."

„Ah."

„Kennen Sie Diego Rizzi? Dylon Roger? Den dicken Charles Weibel?"

„Nein."

„Fachmeister. Schießen aus 10 Metern immer Carreau."

„Karo?"

„Volltreffer."

„Von was?"

„Zuerst wirft man das Schweinchen."

„Scheinchen?"

„Schweinchen. Der erste Spieler zeichnet, so wie ich jetzt, mit einem Stock einen Kreis in den Sand und wirft aus diesem Kreis die kleine Holzkugel, genannt Schweinchen. Dann wirft er seine erste Kugel so nah wie möglich an diese Zielkugel. Der Gegner muss danach versuchen, dem Schwein näher zu kommen oder die andere Kugel wegzuschießen. Verstanden?"

„Nein."

„Das Beste ist, Sie treffen beim Wegschießen Carreau. Bei diesem Schuss trifft die Kugel die andere Kugel und bleibt an deren Stelle liegen, die Kugel des Mitspielers wird also aus dem Spiel geschossen. Wie im Leben. Man kommt nur dann zu einem guten Platz, wenn man einen Konkurrenten vertreibt. Deshalb hassen die reichen Franzosen das Spiel, es beschreibt sie."

„Spielt man das nicht mit Mehreren?"

„Tête à tête, Doublette, Triplette. Kennen Sie jetzt das Spiel?"

„Nein."

Der Alte kratzte sich am Kopf, zeichnete einen Kreis in den Sand und bat Goster, in diesen Kreis zu treten. Goster warf eine kleine leichte gelbe Holzkugel, die der Alte jetzt Cochonnet nannte. Und er veranlasste Goster, mit einer metallenen Kugel, die kalt in der Hand lag, so nah als möglich sich diesem Schweinchen zu nähern.

Goster sagte: „Wie in meinem Beruf. Wie komm ich dem Schwein nahe."

Das Spiel gefiel Goster. Er ließ alle Gedanken hinter sich und spielte.

Der Alte spielte defensiv, hielt seine Fähigkeiten bedeckt, sodass beide sich fast regelmäßig im Werfen abwechselten, Goster nie ganz schlecht aussah, er sogar das Gefühl hatte, das Spiel zu bestimmen, bis der letzte Wurf des Alten Gosters beste Kugeln Carreau wegräumte.

Der Alte zeigte, nachdem das fünfte Spiel beendet war, auf das Spielbild. Dort lagen 4 Kugeln um das gelbe Schwein.

„Sehen Sie?"

„Was?"

„Unsere Kugeln um das Schweinchen. Sie sehen aus wie ein Modell von einem Sonnensystem. Die kleine gelbe Sonne wird umkreist von vier mächtigen silbernen Planeten."

„Oh."

„Verstehen Sie?“

„Nein.“

„Als das Universum entstanden ist, vor 14 Milliarden Jahren, gab es mehr Sterne als es heute Sandkörner gibt. Vielleicht wird das wieder so. Wir bauen also nur im Sand unter dieser Ulme die alten und neuen Sternenbilder nach. Riesige Kugeln kreisen um kleine Sonnen. Gott spielt wie wir, nur mit größeren Kugeln.“

Goster nickte. Mit Philosophen zu spielen ist ansteckend. Er bedankte sich zurückhaltend für das Spiel, winkte an der ersten Straße einem Taxi, ließ sich heimfahren und wartete auf der Haustreppe, vor der Wohnungstüre, bis seine Putzfrau die Arbeit beendet hatte. Er setzte sich auf eine Stufe und wartete. Drinnen lärmte der Staubsauger.

Goster betrat nie seine Wohnung, solange Ayse bei der Arbeit war, da sie es nicht mochte, sich mit einem Mann allein in der Wohnung aufzuhalten.

Goster setzte sich dann immer auf die Treppe und wartete, bis Ayse, für die nichts ungewöhnlich war, mit einem Eimer, gefüllt mit Bürsten und Lappen, nach der Arbeit die Wohnung verließ und, sofern sie ihn dann antraf, sich zu ihm auf die Stufen setzte und aus dem Leben erzählte.

Jeder aus dem seinen, auf der selben Stufe mit dem andern.

„Mein Sohn."

„Ja."

„Er studiert."

„Ich weiß."

„Er sagte zu seinem Cousin – wir hatten ihn mit Drogen erwischt – ‚Drogen sind Gratifikation ohne Leistung'."

„Was?"

„Man belohnt sich mit guten Gefühlen, hat aber dafür nichts getan. Am Ende funktionieren die Gefühle nur auf diese Weise: Je weniger man tun kann, desto mehr muss man sich belohnen. Und am Ende kann man mit jedem Rausch alles erklären."

„Warum erzählen Sie das?"

„Ich arbeite nicht für einen Mann, der Wein aus der Flasche trinkt, den Korken auf den Boden spuckt, kein Glas benutzt. Wenn Sie traurig sind, benutzen Sie ein Glas. Bitte."

Goster versprach es. Aus seinem Gesicht war alle Überlegenheit gewichen. Er berichtete Ayse, ohne sie anzusehen, von dem Kind auf der Säule, von dem Fehler, den Zugriff nicht einfach verschoben zu haben, einen Unglücklichen in der Falle überrascht zu haben, damit dieser alles auf diese Weise beendet. Goster beschrieb das Feuerzeug und die Explosion. Das Gesicht von Miche, das in seiner Netzhaut wie eingebrannt war.

„In mich hinein ist alles Bild geworden."

„Das Gas hatte er schon vorher aufgedreht, lange bevor Sie kamen." Ayse sagte dies im tiefen Ernst. Ich habe 30 Jahre mit Gasring gekocht. Es dauert lange, bis so ein Zimmer voll davon ist."

„Ich weiß", antwortete Goster, „aber ich glaube, das Feuerzeug hat er gezündet, weil wir ihn in die Enge getrieben haben."

„Die Enge ist kein Grund. Daran gewöhnt man sich am leichtesten. Das Leichte ist das Problem. Manche finden es nur im Fallen. Oder beim Wein trinken."

Das Sehen der Worte drang in diesen Goster ein, mehr als der Sinn, er verstand ihren Ton. Ayse hatte das Leichte, das sie verströmte, schwer gelebt.

Er fragte nicht nach.

Ayse überlegte eine Weile.

„Was war letzte Nacht? Der Straße fehlt ein Haus."

Ayse zündete sich eine Zigarette an, den Reiseaschenbecher entnahm sie der rechten Schurztasche. Sie schraubte die Öffnung auf und tippte vorsichtig den Aschestaub ab.

„Weiß nicht", sagte Goster, „hab eine Frau davonlaufen sehen, kein Gesicht, nur einen fliehenden Rock."

„Hat sie sich umgedreht?"

„Nein."

„Jede Frau dreht sich um bei einem Unglück, um zu helfen, oder sie weiß, es gibt keine Hoffnung und sie flieht endgültig. Finden Sie sie."

„Warum ist das wichtig?"

„Ich mag Sie nicht trinken sehen."

Ayse verließ ihn grußlos. Innen stand noch immer die Flasche auf dem Fenstersims, sie hatte nichts weggeräumt. Der Korken lag auf dem Parkett, Schäufelchen und Besen daneben. Goster lachte und kehrte ihn auf.

19

H. rief gegen 18 Uhr an und erklärte Goster die Neuigkeiten.

„Offizielle Lesart."

„Von wem herausgegeben?"

„BundesKriminalAmt."

„Und?"

„Es war Sprengstoff."

„So, so."

„Eine Handgranate. Arthandgranate."

„Ohne Explosionsknall."

„Es gab eine Explosion, aber die hat man nicht gehört."

„Die Opfer?"

„Betrunkene spielten mit einer Handgranate."

„Wie dumm sind wir?"

„Dümmer."

Goster überlegte lange, ehe er als nächstes in das Handy sagte: „Sind Sie noch da?"

„Aber ja."

„Ich meine, die uns vielleicht abhören, sind noch dümmer, sie wollen etwas wissen von denen, die nichts wissen."

„Glauben Sie?"

„Das Problem jeder Lüge ist, die Kontrolle über die Auswirkung der Lüge zu behalten. Je mehr gelogen wird, desto mehr wird zur Kontrolle der Auswirkung abgehört. Das heißt in unserm Fall, die andern haben Ohren wie Elefanten."

Damit legte er auf.

20

Zu dem Haus mit der aufgerissenen Fassade waren es nur 2000 Schritte. Die Plane, die das Loch in der Hausfront bedeckte, hing faltig, straffte sich aber wie ein Segel im Wind und glättete dann die Falten.

„Ein UnglücksSegel."

Die SprengstoffExperten, akkurat wie Archäologen im Grabungsfeld in ihren weißen Overalls und Handschuhen, sammelten die Metall-Splitter in durchsichtige Taschen, die GerichtsMediziner menschliche HautStücke in offene Gläser mit Schraubdeckel. Goster erfuhr, der Kopf des vierten Opfers sei nicht gefunden worden, nicht ein Partikel davon.

Das Haus war mit Flatterleine gesichert, vor der Leine SperrGitter, hinter der Leine Sperr-Gitter. Hinter dem SperrGitterSperrGitter.

Goster hatte sich in seine Stiefel mit den dicken Sohlen gezwängt, schlenderte zu dem Haus und winkte einen der wachestehenden Polizisten heran, der ihn auch sofort grüßte.

„Herr Goster."

„Sie sind?"

„Wachtmeister Fägele."

„Was sagt man so?"

„Vier Männer und eine Granate."

„Glauben Sie das?"

Fägele drehte sich weg. Fägele hatte einen blonden Bart und sah auch sonst nicht klug aus.

Goster stützte die Hände in die Seite, beugte sich nach hinten, schaute hinauf, in den dritten Stock, zum Dach, dachte in den Himmel. Selbst die Vögel vermieden es, auf dem First zu landen. Ein paar Ziegel waren schräg ausgehoben, andere abgerutscht. Das Dach sah aus wie ein altes Gebiss mit Lücken.

Goster schaute auf das Segel der Plane, sah die emsigen Spurensucher vor dem Haus und auf dem Asphalt, stellte sich das Gewimmel und die Mühe der Ermittler vor, jedes Detail einzusammeln, im Innern des Hauses, ein Haus aus Spuren zu errichten mit den Materialien des Unglücks. Er sah einen älteren Mann mit Regenmantel hinter der Barriere, dessen Gesicht ihm fremd war, der jetzt Aufnahmen von ihm machte, mit einer Kamera mit Tele, nicht mit dem Handy, und zwar so, dass Goster es merken sollte, dass man ihn fotografierte. Fotografieren war ja eine Art von Vertreibung geworden.

„Fotografieren ist eine Art von Vertreibung geworden!" rief er ihm zu.

Niemand antwortete.

Fägele stellte sich zwischen Goster und den Fotografen.

„Was denken Sie, Fägele, warum werde ich fotografiert?"

„Nichts."

„Denken ist immer nichts, das ist das Schwierigste." Goster lachte.

Fägele antwortete nicht, seine Hand griff an den Gürtel, dort das FunkGerät, nahm die Anweisung entgegen und drängte Goster auf die andere Straßenseite. Goster setzte sich auf die unterste Stufe einer Haustreppe aus grauem Beton, sah auf das zerstörte Haus und schüttelte den Kopf.

Dann griff er selbst das Handy, rief H. an.

„Ich komm hier nicht weg. Irgendetwas hält mich fest."

H. eilte über die Straße und stand, ehe sein Wunsch ausgesprochen war, schon vor ihm.

Er berührte sie am Ellbogen, freundlich, und lächelte, was sie offensichtlich beruhigte.

„Dachte, dass Sie mich brauchen und war schon auf dem Weg."

H. gehörte zu dieser Sorte von Frauen, die sich nicht nur wegen des Zustands eines Menschen Sorgen machen, sondern auch immer einen Plan für seine Sorgen haben, klug genug, sich diesen Plan nie anmerken zu lassen, denn wenn Männer begreifen, dass sie Sorgen haben, lassen sie sich meistens nicht aus dem Zustand heraushelfen.

Sie hatte diese Gabe, das Leben der andern mit zu leben.

Goster war am Ende seines Spiels. Die Augen erzählten davon. Seltsam. Diese Schwäche machte für H. diesen Goster auf eine Art jünger, als er war. Goster dachte, ich habe mich selbst „KARO" (erst später schaute er bei Wiki, wie man das schreibt) geschossen.

„Wäre es nicht einfacher, wir gingen mit dem Fall Herbot weiter und von hier weg?" fragte sie.

„Wir sehen die Katastrophe und sollen glauben, sie ginge uns nichts an, das ist die eigentliche Katastrophe."

„Profan, zu fragen, wie es Ihnen geht?

„Ich gehe nicht, ich sitze."

„Sitzen ist besser als gehen?"

„Ja."

Beide schwiegen lächelnd und H., in einem blauen Rock, setzte sich auf ihre Hände auf den Stein.

„Vier Idioten spielen mit einer Granate, diese explodiert in ihrer Mitte. Lautlos. Und einem fehlt der Kopf. Fehlt uns auch der Kopf?"

„Könnte sein."

„Ja."

H. war aus der Richtung gekommen, in welche die Frau im grauen Rock davongeflohen war. Offenbar war H. jetzt ihren Fluchtweg nach-gegangen, hatte ihn abgegangen, sich ein Bild zu machen.

Goster tippte sich mit der Hand gegen die Stirn. „Ich beschrieb ja am Telefon, wie diese Frau aus dem Haus geflohen ist, und Sie sind den Fluchtweg abgegangen."

„Ja", sagte H..

„Mir immer einen Schritt voraus."

„Aber Ihnen laufen die Fälle nach."

Jetzt lachte er.

„Und was gefunden?" fragte Goster.

„Hätte die Frau sich nur in Sicherheit bringen wollen, hätte sie an der Kreuzung sich umdre-hen können, aber sie verschwand in der SeitenStraße. Goster, Sie haben Recht. Sie ist geflohen. Aber warum? "

„Was weiß man über die Männer, die hier starben?"

„Alle unbekannt. Vier Männer, zwischen zwanzig und dreißig, keine Papiere, bislang keine Spuren. Wir haben die Fingerabdrücke, soweit vorhanden, abgeglichen, keine Spur, keine DNA–Treffer, völlig unbekannt."

„Blutgruppe?"

„Auch nicht auffällig. Könnten Mitteleuropäer sein. Südamerikaner."

„Gesichter?"

„Haben sie keine mehr."

„Und woher wissen Sie das alles?"

„Das BundesKriminalAmt hat unser Fax benutzt. Ich hab's nochmals ausgedruckt."

„Gut."

„Der Anhang der BeschlagnahmeBeschlüsse. Dieses Haus ist für niemanden mehr betretbar."

H. reichte das Papier an Goster, der es las.

„Was vermutet man?" fragte der Lesende.

„Die Hölle."

„Und wie soll die sein?"

„Nicht in unserer Zuständigkeit."

21

Goster besuchte Hämmerle, den SprengstoffExperten, im Haus, bat ihn um einen
zweiten Rat in dieser Sache.

„Ich weiß doch nichts."

„Pulver ohne Rauch."

„Ja."

„Lassen Sie bitte noch einmal den toten
Kaufmann aus Hamburg untersuchen."

„Wonach?"

„Ob es einen ZusammenHang gibt."

„Die Explosion und Herbot?"

„Die Fälle laufen mir nach, warum nicht zusammen."

Goster griff nach den Akten Herbots, den
Band mit der Obduktionsmappe, den er in ei-
ner Tasche trug, und zeigte die Bilderfolge
Hämmerle.

„So wurde der Kaufmann in Hamburg gefunden."

Die Aufnahmen zeigten den Mann, das Kinn
auf der Brust, den Oberkörper von der Fessel
aufrecht gehalten. Auf dem Stuhl geknebelt in
einer Lache aus Erbrochenem.

Die Beine abgespreizt und abgewinkelt, wie im letzten Aufbäumen erstarrt.

Das Leben war eingesunken in seinen Tod.

Die Augen weit geöffnet, gerötet, von der Anstrengung, den Knebel auszuspucken, was nicht gelang. Letztlich zerbrochen.

„Ein furchtbarer Kampf mit dem Tod."

„So zu sterben ist eine Sauerei", antwortete Hämmerle.

Hämmerle sah auf die Bilder und dachte: „Was sieht er noch, dieser Goster?"

„Geknebelt und an dem Erbrochenen erstickt. Und hier ist eine Lache von Erbrochenem, so groß, als hätte er sich die Seele ausgekotzt. Mit dem Knebel im Mund spuckt er das Zeug nicht zwei Meter von sich. Das ist alles Kotze."

„Als hätte er mal mit und mal ohne Knebel gekotzt?"

„Der Knebel wurde gelöst, das Opfer verhört, die Safekombination erpresst, der Knebel letztlich wieder in den Mund gesteckt."

„Gefoltert?"

„Ein Medikament vielleicht, das dieses Erbrechen über Stunden auslöst."

„Der schrecklichste Tod, von dem ich je hörte."

„Ja? Die Vereinigten Staaten setzen eine ähnliche Methode bei Verhören ein und glauben, einen Menschen so zerbrechen zu sehen, sei die Krone der Gerechtigkeit."

„Gut, dass die Leiche noch nicht freigegeben worden ist, Herr Goster. Ich frage nach."

Goster dankte und schritt nachdenklich zurück in sein kleines Büro. Er setzte sich.

Auf dem Tisch steckten Hyazinthen in einer weißen Vase.

Der Ruß der Stadtluft verschmutzte die Scheiben, Gosters Augen schlossen sich, er schlief. Er schlief vielleicht 15 Minuten. Diese Gewichte, die sein Leben trug, schwerten die Augen, die Gelenke der Seele waren abgenutzt, er humpelte sozusagen mit der Seele, das Rückgrat schmerzte, der Kopf verlernte die Fähigkeit zu denken.

Goster wurde müde und von dieser zweiten Müdigkeit geführt, schloss er die Augen.

Irgendein Reim, der ihm nie gehört hatte, sprach von irgendwoher und schloss die Augen noch tiefer.

Lass uns auf die Reise gehen...

Der Schlaf sieht blind.

So schlief er und sah.

Sah diese vier Männer im Traum in der UnglücksWohnung einen silbernen MetallKoffer öffnen, innen eine Packung Pralinen finden. Der Betrunkene zerriss das Zellophan der inneren Schachtelverpackung, pickte mit spitzen Fingern aus der Mitte der Fächer eine mit schwarzer Schokolade ummantelte Würfelpraline heraus, ließ die Praline im Mund zergehen, ertastete mit der Zunge einen harten Kern wie aus Stein und wie er den Munde öffnete und die Lippen schürzte, um den Stein auszuspucken, blieb nicht die Zeit zu beten. Dieser Mund füllte sich mit Licht, der Mund spie Flammen aus, färbte und zerfetzte die Luft. Der Kopf des Drachen spie Feuer.

Dann erwachte Goster. Er war im Bürostuhl eingeschlafen. Wie ein Greis.

Die Bilder sind nicht mehr für die Menschen gemacht.

„Ich kann es mir vorstellen. Jeder besitzt für ein bisschen Geld seinen privaten Luftangriff. Kann die ganze Stadt entflammen mit dem letzten Tropfen aus der Flasche. Eine Sonne in der Größe eines Wassertropfens. Ja, das könn-

te alles sein. Wir haben die Sonnentropfen erfunden, die alles verbrennen. Ja, das könnte alles sein."

Er sprach wie im Traum.

Das Telefon läutete ihn endgültig wach.

Goster wurde befragt über Beobachtungen in
der Nacht der Explosion. Das Bundesamt –
ein Experte – rief an.

„Wie kommen Sie auf mich?"

Ermittlungen hätten ergeben, dass Goster in
der Nähe des Tatortes wohne und unmittelbar
nach der Explosion mit H. telefonisch gespro-
chen habe.

Er sagte: „Ich habe geschlafen und alles ge-
träumt."

Der Anrufer, ein Herr Siech, verstand diese
Aussage nicht und bedankte sich.

Der Büroschlaf ist meist traumlos, aber wenn
Träume kommen, sind sie furchtbar.

22

Goster fuhr nach Haus, parkte vor dem Haus und stieg langsam die breite Treppe empor, die Hand schwer auf dem Handlauf des Geländers. Jeder Schritt machte widerwillig müder. Steiler als die Treppe kam ihm nur die Erinnerung vor.

Goster dachte an die Explosion, an den Moment danach, als die Haustüre sich öffnete und die Frau das Haus verließ.

Je mehr er an diese Frau dachte, desto detailreicher schmückte sich das Bild von ihr. Nur das Gesicht blieb wie auf Wasser gemalt und in den Wellen der Zeit verschwommen.

Sie war nicht groß, vielleicht 1,65, schlank und rannte fast – jetzt fiel es ihm wieder ein – mit weiten festen Schritten.

„Ein Haus stürzt ein und sie verliert nicht die Kontrolle. Läuft davon, ohne sich umzudrehen. Wer war das?“

Mit dieser Frage beschloss er, ihren Weg nachzugehen, was er schon lange hätte tun sollen. Dann verwarf er den Gedanken. Wozu?

Er folgte wie gewohnt den Stufen der Treppe zur Wohnung und schloss auf. Lavendelgeruch strömte ihm entgegen, so beruhigend wie ein sich freuender Hund.

Ayse hatte es besonders gemacht, trockene Lavendelzweige auf der Flurkommode abgelegt, damit Goster wenigstens von diesem Duft begrüßt wurde.

23

Am Abend, so gegen 11 Uhr, stand Goster wieder am Fenster, die Lichter der Laternen blickten zurück.

Seine Gedanken schritten den Weg nach, den diese rätselhafte Frau im grauen Rock, das Gesicht in einem Tuch versteckt, gegangen war.

„Eingebogen, geflohen, gesenkten Hauptes geflohen", das traf es.

Seine Lippen rieben aufeinander. Eine Hand stützte gegen die Wand neben dem Fenster.

Goster dachte an dieses rotwangige Licht, das, nachdem diese Frau in diese Straße eingebogen war, wie ein Wölkchen aus der SeitenStraße aufgestiegen war, zu ihm hinauf.

„Aus einer Straße, einem Sträßchen... was für ein Licht?"

Diese SeitenStraße dort unten war ihm unbekannt, auch jetzt, wie er aus dem Fenster blickte, war es ganz selbstverständlich, die eigene Umgebung nicht zu kennen, nie alles abspaziert zu haben, nie dort in diese Gasse eingebogen zu sein. So beengt war das Leben, weil seine Wohnung für das Leben nur der RückzugsOrt war, nicht der Ausgangspunkt, den Ort der Nähe zu erkunden.

Er konnte nur Dinge, Menschen und Straßen und wahrscheinlich auch Gefühle wahrnehmen, wenn er sie suchte.

Es hatte sich durch keinen Zufall ergeben, diese Straße zu untersuchen. Sie existierte unbekannt neben ihm. Wie alles. Die Lichter. Die Tauben. Die Menschen.

Goster öffnete das Fenster, die kühle Luft, tief eingesogen, beruhigte.

„Das Licht", dachte er, „woher kam diese rote Färbung in dieser Nacht? Das Licht zähmt die Dunkelheit."

Er sah auf die Stelle hinab, wo die kleine SeitenStraße in die vierspurige HauptStraße einmündete, die nachts aber wenig befahren war.

So, wie die Straßen der Stadt sich vereinten, zu einem gemeinsamen Fluss, auf Grund eines gemeinsamen Zwecks, fühlte Goster sich mit dem Zufall verbunden, auf eine unheilvolle Art, außerhalb jeder Kontrolle.

Der Zufall rückte Erkenntnisse und Wendungen so nahe, als sei er persönlich mit ihnen verwachsen, als hätten die Zufälle etwas mit ihm persönlich zu tun.

Goster runzelte die Stirn, denn wie Goster an das Licht dachte, das rote Licht, strahlte die rote Wolke erneut in der gleichen Weise durch die Dunkelheit zu ihm hinauf, wie in jener UnglücksNacht, als die Wolke den Weg dieser Frau nachmarkierte, die aus dem Unglücks-Haus in dieses Sträßchen eingebogen war.

Aus der SeitenStraße, für ein Pochen nur, glitt das Blinken jetzt wieder in die Nacht der Stadt hinaus, senkte eine schmale Klinge aus Licht ins Dunkel.

Wieder sah es so aus, als sei hinter den Häusern ein RückLicht eines parkenden Fahrzeugs eingeschaltet worden, und das RückLicht besprühte den AugenBlick. Aber wieder hörte Goster keinen Motor anspringen, kein Fahrzeug hörte er abfahren. Das rote Pulsieren vermischte sich mit der alten Dunkelheit.

Eine pulsierende Straßenlaterne ganz am Ende der Straße erzielte denselben Effekt, Mauern aus Dunkelheit wurden sekundenweise vom Dunkel ins Licht versetzt.

Und Goster dachte für sich: „ Licht, Licht, suchst du mich?"

Der Fall hatte eine Wende genommen. H. hatte es zum Spaß ausgesprochen. Der Fall lief ihm nach. Als ob die Dinge auf sich aufmerksam machen wollten, damit sie aufgeklärt werden, im Sinne von „beenden".

Er dachte an diese albernen Gespensterge-
schichten, wo ein Geist so lange den Altar der
Unruhe anruft, bis die Ursache eines Verbre-
chens endlich entdeckt und gerächt ist.

Aber sogleich, als er es dachte, wurde er unruhig, denn in die Nebel der Geister sich einzu-
denken war seine Art nie gewesen.

Also schlüpfte Goster in seine schwarzen
Schuhe, warf einen Mantel über. Er rannte aus
der Wohnung, überquerte die Straße zur dunklen SeitenStraße, streckte vorsichtig zuerst den
Kopf um die Ecke, die Lage zu prüfen.

Die schmale NebenStraße war nur 100 Meter
lang, graudunkel, am ersten Haus der Straße
der linken Seite hing ein rotes Licht über der
Tür. SOSO. Neonbuchstaben leuchteten in die
Nacht.

„Licht, Licht, rufst du mich?"

24

Goster kehrte zurück in seine Wohnung und betrat das Bad, machte sich frisch.

Er besuchte noch in dieser Nacht die Bar SO-SO in der SeitenStraße. Obwohl nur wenige Meter von seiner Wohnung entfernt, hatte er auch diesen Ort, wenn es denn ein Ort war und nicht ein Behältnis für verlorene Zeit, noch nie zur Kenntnis genommen.

Er trug ein weißes Hemd, schwarze Schuhe, rahmengenäht, eine dunkle blaue Strickjacke über dem Hemd und war nicht rasiert, aber geduscht und fröhlich, ohne von dem Wein aus der Flasche in seinem Zimmer getrunken zu haben.

Die Bar befand sich im ersten Haus in der SeitenStraße. Offensichtlich war diese Bar früher ein Lebensmittelgeschäft gewesen. Der alte Name des Lebensmittelladens war noch immer auf dem grauen Verputz der Fassade lesbar. Die Fassade hielt die Buchstaben fest, sie waren hell in den schmutzgrauen Anstrich eingewachsen.

Obst und Gemüse
Gerda Hellau

Buchstaben sind die Brücken der Zeit. Unter der Werbung war die Fassade langsamer gealtert, so wie manche Menschen unter der Haut. Offensichtlich war der Wechsel vom Lebensmittelgeschäft zur Nachtbar erst vor kurzem vollzogen.

Goster öffnete die gläserne Eingangstür. Das Glas war undurchsichtig und mit SilberFolie überklebt. Über der Tür hing das neue Werbeschild. Rote Neonbuchstaben schrieben das Wort SOSO über die Tür, so wie der Sommer mit roten Früchten leuchtet, lockte es in die Nacht.

Im AugenBlick, da er die Türe öffnete, reflektierte die SilberFolie der Türe das RotLicht der Werbung und leuchtete wie ein roter Taschenlampenstrahl weit über das Ende der Straße.

Goster öffnete mehrmals die Türe. Schloss und öffnete. Und sah dieses pulsierende Rot.

„Ich habe die Türe sich öffnen und schließen und sich öffnen und schließen sehen. Sie ist die Quelle der rot schwebenden Wolke, diese Tür trug diese Wolke bis vor mein Gesicht."

Ein Zufall war es in jedem Fall.

„Sie ist hier hineingegangen. Oder Gäste öffneten die Tür, um zu sehen, was los ist. Die Türe wurde geöffnet und spielte das Licht bis zu mir hinauf. Mit jedem Öffnen wurde das rote Licht gespiegelt. Vielleicht hatte einer der

Gäste dieser Frau ins Gesicht gesehen. Oder sie hat die Bar betreten."

Goster betrat eine halbdunkle Bar mit einem langen Tresen und Nischenecken mit runden Tischen. Der Boden aus abgeschliffenen Bohlen war hell und glänzend. Zitronenduft aus Reinigungsmitteln reizte die Nase, ungewöhnlich stark für einen solchen Ort, roch es nach klinischer Sauberkeit.

Goster setzte sich zu dem einzigen Gast an den Tresen.

Eine Thailänderin servierte gerade diesem einzigen grauen Gast mit seinem krummen Rücken Flaschenbier. Der Gast blickte mürrisch mit halbmüden Augen auf den lächelnden Goster, der einen Barhocker unter sich zog und sich aufschwang und ganz dicht anrückte.

„Was wollen Sie?" fragte die Bedienung.

„Mineral."

„Haben wir nicht."

„Dann zwei Mineral."

Goster zeigte seine Marke, sein Nebengast, der an der Flasche suckelte, erwachte in den Augen und versuchte, sich davon zu schleichen.

„Bleiben Sie."

„Was wollen Sie?" Die Stimme des Grauen war dünn und ohne Zug.

„Reden."

„Mit mir?"

Die Thailänderin mit dem weißen Gesicht, hübschen Augen hinter einer violetten Brille, mit einer violetten kurzärmligen Bluse, reichte vier viereckige Gläser mit Mineralwasser. Die HintergrundMusik wurde lauter, Goster legte einen Finger auf den Mund und sie stellte die Musik wieder leiser.

„Warum vier?" fragte er.

„Dachte, bin eingeladen."

Sie lachten. Die Frau hatte Humor, das machte sie ihm nahe, sofort, und er lächelte zurück, stieß mit ihr mit vier Gläsern an, in jeder Hand eines.

„Wo wohnen Sie?" fragte er die Traurigkeit des einzigen Gastes. Dessen Gesicht war breit und die Augen wie suchende Punkte, eigentlich ein Mann, der früher vielleicht sogar ein schöner Mann gewesen war, aber, am Leben abgeprallt, die Fassung verloren hatte.

„Ich?"

„Wenn Sie sich weiterhin vor den einfachsten Fragen fürchten, lass ich Sie verhaften."

„Um die Ecke."

„Menschen, die in der Nähe solcher Bars wohnen und solche besuchen, haben nichts zu verlieren."

„Vielleicht."

„Ein trauriger heimlicher Puff. Aus Obst wird Fallobst."

„Weiß nicht", sagte die Thai, senkte beide Hände mit den blauen Fingernägeln, die Sterne trugen, parallel auf den Tresen. Die Bewegung wirkte wie ein Zitat aus einem indischen Tanz, der die Langsamkeit des Weltalls der Tresen in einer Handbewegung symbolisiert.

Die Thailänderin hatte inzwischen einen Kerl mit geklebten Haaren und Zopf gerufen, der sich hinter den Tresen und vor Goster stellte und provokativ die Arme ausstreckte, sodass er fast Gosters Glas mit der rechten Hand berührte, die Brille mit der linken ablegte.

Offensichtlich hatte er nicht mitbekommen, dass Goster einen Dienstausweis gezeigt hatte, so zeigte ihn Goster noch einmal und der Kerl hinter dem Tresen setzte die Brille wieder auf, blickte lächelnd, dann grimmig zur Bedienung. Diese begriff, dass sie einen Fehler begangen hatte, nämlich nicht vor der Polizei zu warnen, und sie verlor sich mit RückwärtsSchritten ängstlich im Nebenraum.

Goster ignorierte sein TresenGegenüber, obwohl der Kerl seinen Platz nicht verließ und noch immer stark aus der Nase ausatmete, wie alle Schläger vor dem Angriff.

Er fragte den Nachbarn in die altgraue Welt der Einsamen und ignorierte den Wirt ihm gegenüber: „Was erzählt man sich von der Sache mit dem explodierten Haus?"

„Das geht niemanden was an", sagte der Mann hinter dem Tresen.

„Ich frage ihn."

„Er ist ein schweigender Gast."

Der Mann hinter dem Tresen lachte und der Mann neben Goster redete wie zu sich selbst.

„Ob ich was gesehen habe? Diese Frau, ja, die, die vor meinen Augen in den Himmel flog. Aliens sind das Hübscheste, was ich je gesehen habe. Wie sie losflog, teilte sie sich, wie eine Zelle, wurde zwei, dann vier, dann acht, super Sache, acht nackte Aliens. Dann sechzehn fliegende nackte Aliens."

Das Grinsen des grauen Mannes wurde breiter. Das Sprechen zerbrach im Loslachen. Seine Zähne waren gelb.

„War die Bartür offen, weil Sie das Alien so genau erkennen konnten, als es von der Straße gen Himmel flog?" Goster blieb ruhig.

„Ne, ich hab den Durchblick. Wirklich, Herr Kommissar, ich kann durch Wände und Türen kieken."

Dann konnte der Graue sich nicht mehr halten, er brüllte vor Lachen, wie es Verrückte tun, an der Grenze zum Schmerz. Der Mann hinter dem Tresen grinste spöttisch dazu und schob ein Glas mit Magenbitter hinüber, als Lohn für den Clown, und Goster blickte gelassen diesen TresenMann an, sah sein breites Gesicht, die niedere Stirn, die Zähne sehr weiß, das Hemd blütenweiß, ohne Falten und sogar mit Perlmuttmanschetten. Eine dunkle Stoffhose mit einem braunen Gürtel, mit Hermesschnalle, ein silbernes H. Die Frisur wie eine Perücke.

Goster fragte, wählte gleichzeitig ins Telefon eine Nummer und steckte das Telefon wieder ein:

„Ist der Gürtel echt, Herr Barmann? Hermes?"

„An ihm", sagte der graue Nachbar, „ist alles echt."

„Bis auf die Haare."

Jetzt blickte der Kerl hinter dem Tresen wieder auf Goster, mit Befehlsaugen, so wie Eltern ihre Kinder mit Blicken kontrollieren.

Goster drehte sich auf dem Stuhl, schaute absichtslos in das schlauchartige Lokal, drei runde Tische mit je drei Stühlen, ganz symmetrisch aufgestellt, jeder Stuhl mit dem selben MillimeterAbstand zum Tisch. Alle Spiegel blank. Dazu der Duft von KrankenhausSauberkeit. Und auch das Tresenglas, der Belag des Tresens, ohne einen angetrockneten Wasserfleck.

Hinter dem TresenMann ein Regal mit Flaschen, die Etiketten wie Soldaten ausgerichtet, bei der Parade, wenn Hunderte auf Befehl in derselben BlickAusrichtung gleichzeitig verharren. Jede Flasche zeigte das Etikett auf dem Bauch in Richtung der Gäste.

Eine vollkommene Ordnung am unordentlichsten Ort.

Goster sah das alles an.

„Operiert hier jemand?"

„Wie?"

„Wer putzt hier?"

„Ich selbst. Ich mag es gern deutlich sauber."

„Das ist das sauberste Drecksloch, das ich je gesehen habe. Eine Frage, ihre Uhr…"

„Ja?"

„Eine Patek Philippe."

Diesmal kommentierte der Nachbar nicht.

„An Ihnen ist ja alles echt, auch die Spaßvögel im Lokal."

„Was wollen Sie?"

„Nichts", sagte Goster, „warten…"

Goster tippte noch einmal die Rufnummer, drehte sich noch einmal auf dem Barhocker, als die Türe aufsprang und vier Uniformierte, per Telefon von Goster in die Bar gerufen, energisch eintraten mit Helm und Schlagstock.

Goster deutete auf seinen Nachbarn: „Er hat wichtige Beobachtungen gemacht zur Explosion des Hauses und verdächtigt eine Frau mit Namen Aline. Er will aber eventuell sich der Vernehmung entziehen."

Die Polizisten, noch ehe der graue Gast ganz verstand, packten diesen unter den Armen und zerrten ihn mit hinaus.

Goster sagte zu dem Mann hinter dem Tresen:

„Ihr Lokal?"

„Ja."

„Für wen putzen Sie bloß? Ist ja niemand hier. Von was leben Sie? Unter uns: Haben Sie geerbt?"

„Nein."

So ging Goster, setzte sich ins Auto nach hinten zu dem verstörten Gast, der fragte: „Warum bin ich festgenommen?"

Und Goster antwortete: „Kaiser, wieviel Schritte darf ich gehen?"

Der Mann wurde verhaftet, in Handschellen gelegt, auf die Rückbank gedrückt, abtransportiert, und Goster sagte, besser sei es, er rufe sofort seinen Anwalt an.

„Habe keinen."

„Wir kennen welche, die oft Ski fahren, auch im Spätfrühling, und zwar, bis die Wiesen im Oktober endlich grün sind, und dann spielen sie einen Monat Golf, bis es wieder schneit, und müssen so den Ort nie verlassen, bis es wieder schneit und grünt und schneit und grünt."

„Was wollen Sie von mir?"

„Ich warte, bis Sie noch leiser werden."

„Was?" schrie der Graue.

„Sie haben den Durchblick, Sie können durch Türen und Wände sehen."

So fuhren sie los.

Der graue einsame Mensch auf der Rückbank eines blauen Polizeiautos begann, durchsichtige Tränen zu weinen, wie ein Kind, und Goster sagte: „Fahren Sie bitte schneller, er will es hinter sich bringen."

„Ja." sagte der Weinende.

„Ist das SOSO ein Puff?"

„Ja, aber ich trink nur."

„Sind Sie auf die Straße gelaufen, nach der Explosion, als es grellte und hell wurde?"

„Wenn die Welt untergeht, will ich zuschaun."

„Genau."

„Ja, das bin ich."

„Und was gesehen?"

„Andere standen vor mir."

„Der Wirt?"

„Ist komischerweise nicht mitgekommen. Hab mich gewundert, aber nicht gefragt, wir haben gerade so geredet, als es passiert ist. Draußen hat die Stadt geschrien, die Explosion hab ich nicht gehört, den Schutt fallen, ja. Dann bin ich aufgesprungen, ganz normal, aber er ist hinter dem Tresen geblieben."

„Haben Sie in dieser Straße jemanden entgegen kommen sehen. Eine Frau?"

„Hab keine gesehen."

„Sie werden lange bei uns bleiben, denn ich weiß, für jemanden wie Sie sind 48 Stunden lange. Nicht rauchen, nicht trinken, nicht rauchen, nicht trinken, nicht rauchen."

„Als ich zurück kam in die Bar, als alles draußen wieder dunkel war, mir zu unheimlich, hörte ich Streitworte im Nebenraum, er mit einer jungen Frau, sie hat das Lokal betreten, als ich draußen war."

„Um was ging es?"

„Weiß ich nicht."

„Das Gesicht der Frau?"

„Jung, vielleicht nicht einmal 20. Hübsch. Ich sah sie beim Hinausgehen, so wie man Nebel sieht."

„Grauer Rock?"

„Ja. Woher wissen Sie das?"

„Schal?"

„Wie so ein Palästinensertuch, und über den Kopf gezogen, wie eine Kapuze."

„An wen erinnert?"

„Wie ein hübscher Junge. Große schwarze Augen, das Haar ganz kurz, Bürstenschnitt, und kleine Brüste, und schmale Hüften und der Mund fiel auf, so ein rosa Ton auf den Lippen. Nicht von hier."

„Thailänderin?"

„Weiß nicht."

„Mehr!"

„Kann alles sein. War asiatisch vielleicht. Hatte keine Hüften, schmal und ging sehr schnell."

Goster bat den Fahrer, anzuhalten, und der Verhaftete im Auto raunzte: „Soll ich von hier zurücklaufen?"

Goster bat den Fahrer, weiter zu fahren, und nach einem Kilometer in Richtung des Kommissariats, von der Bar jetzt noch weiter entfernt, ließ er das Fahrzeug erneut anhalten.

„Mit größerer Entfernung wird die Antwort klarer."

Der Mann stieg aus, bedankt für die Lehrstunde, und ging langsam in Richtung der Bar den langen Weg zurück.

„Jetzt ist es genug."

Und nach zwei weiteren Fahrminuten bat Goster nochmals, anzuhalten, und auch er ging zu Fuß den langen Weg nach Hause.

Er telefonierte unterwegs mit H., erzählte ihr alles, sprach rasch und redete sich fast in Begeisterung, weil sie zuhörte.

„Diese Bar liegt in der Straße, in welche die fliehende Frau eingebogen ist, und ich sah ja danach ein rotes Licht aufflackern. Die Tür der Bar ist die Quelle, sie schwingt nach außen, das rote WerbeLicht wird über die mit SilberFolie beklebte Tür weit nach außen getragen. Das ist mein Leuchten.

Wie die Wahrheit immer nur das Gespiegelte der Wirklichkeit ist, ein Leuchten im Zufall."

„Deshalb rufen Sie an, 2 Uhr nachts?"

H. fragte ruhig, hörte diesen Goster an, der ins Telefon lachte.

„Ja, deshalb reden wir. Was haben Sie herausgefunden?" fragte er, bezogen auf den Fall Herbot.

„Dass ich im Moment nicht schlafe."

Eigentlich wollte Goster nur ihre Stimme hören, besser, er wollte in gleicher Weise seine Stimme hören lassen.

„Gute Nacht!" Sie legte wütend auf.

Goster schritt nach Hause. Oft sind die wenigen Schritte eine eigene Welt. Jeder Schritt zählt 1000 ins Abseits.

Er sang auf dem Asphalt.

„Lass uns auf die Reise gehen... wo das Lieben nicht müde macht."

Fragmente sang er, jemand schrie aus dem Fenster, obwohl er leise war:

„Halts Maul!"

„In welcher Hand?" schrie Goster zurück.

Wenig später stoppte auch ein Polizeifahrzeug neben ihm, innen saß Wachtmeister Fägele, der hellhaarige Devotkopf, und sagte:

„Ach, Herr Goster, haben Sie gesungen?"

Und Goster sagte: „Ja, und zwar sehr hübsch und leise."

Und Fägele fragte: „Können wir Sie wo hin-fahren?"

Und Goster sagte: „Nicht, wo ich hinmöchte, sie hat aufgelegt."

Und weil Fägele das nicht verstand, fuhr das Fahrzeug wieder los.

Die Nacht war kühl und schön.

Goster rief hinterher: „Dieses Lied gehört zum deutschen Liedgut!"

„Halts Maul!"

„In welcher Hand?"

Alles wiederholt sich. Die Frage ist immer, sind es Wiederholungen oder Varianten.

25

Vor dem Zähneputzen las Goster seine Whatsapp.

Die, Sonne die, gute, das Öl, das weiche, und das Meer, das alle Namen kennt und in den Sand schreibt.

Die Nachbarin, die aus der unteren Wohnung, machte mit ihren zwei Kindern Urlaub in Griechenland und hatte versprochen, einen Gruß zu senden. Die Autokorrektur im Handy hatte die Sätze zerhackt, das Handy die Urlaubskarten abgelöst.

Vor Tagen schon hatte er sie gebeten, mit den Kindern wegzufahren, auf Grund der Gefahr von giftigen Emissionen, die die Explosion eventuell freigesetzt hatten.

Es war also keine Überraschung, dass sie im Urlaub waren. Er hatte ihr das Geld geliehen, denn sich um jemand zu kümmern, auch zu sorgen, verwandelt die Nähe in andere Nähe. Andere Landschaft.

Er lachte. Er freute sich. Ja, er konnte tanzen vor Freude, hatte doch diese Nachbarin, allein stehend, so am Rande lebend, eine Geschichte getragen, die sie zu erdrücken drohte. Jetzt, mit ein, zwei Monaten Zuversicht, ein wenig geliehenem SorglosGeld, auch einer neuen Arbeit und dem ersten Urlaub, war sie belohnt, hatte, wie gute Menschen und die Tiere es können, alles Schlechte vergessen und strammelte im fernen Sommer ihr grenzenloses Glück am Strand mit den Kindern, in einem DreisterneHotel, mit Meernähe und dem Licht des umarmenden Beginnens.

Das eigne Glück beginnt beim andern.

Wie Goster die Treppe hinanstieg, an der Wohnungstür dieser Frau vorbei, sah er in Gedanken die kleine, vaterlose Familie parallel zum Meer spazieren, der Junge warf Stöckle ins Wasser, stellte sich vor, ein Hündchen würde dieses Stöckle holen, das Mädchen zählte Muscheln in einen blauen Eimer wie Goldtaler und sie, die Gute, die seine Pakete immer entgegen nahm, spannte innerlich die Flügel über das Nest.

Gott schlief. Ein Glück dieser Welt waren Nachbarn.

Ein anderes Glück eine denkende Putzfrau. Ein anderes seine Assistentin, die er aus dem Streifendienst beförderte, die jetzt in Parallelkursen den höheren Dienst, den sie eingenommen hatte, auch legitimierte, die die beste Schülerin war, die längst seinen Vorgesetzten aufgefallen war als die Frau, die einmal – Goster wagte nicht daran zu denken – seine Nachfolge übernehmen könnte.

Ihre Art zu denken, daran dachte er.

Goster schlief traumlos.

Traumloser Schlaf ist eine Gnade, wenn das Leben Rätsel aufgibt, die auch die Träume nicht zu lösen vermögen.

Der nächste Tag verflog mit Routine.

Die SprengstoffExperten des BundesKriminalAmtes verkündeten ihre RoutineLüge, die WohnungsExplosion sei durch die Wirkung einer Handgranate aus dem zweiten Weltkrieg ausgelöst worden. Goster wurde persönlich ermahnt, an diesen Fall nicht mehr zu denken, in keinem Falle zu ermitteln.

Goster bestellte, nachdem er die Mail gelesen, H. und Hämmerle in sein Büro. Die dünne Handakte Herbots auf dem Tisch, sodass es aussah, als hätte Goster Probleme darin gefunden, die jetzt zu gemeinsamen Überlegungen aufforderten.

Aber er wollte sich alleine bei H. entschuldigen, für den nächtlichen Anruf, und hatte Hämmerle später dazu geladen, mit fünf Minuten Zeitdifferenz, damit das Treffen einen dienstlichen Anstrich bekam und die Schärfe genommen war.

H. klopfte, wie von ihm beabsichtigt, kurz vor Hämmerle an der Tür und trat ein, auch daran interessiert, die Sache des nächtlichen Anrufes ins Reine zu bringen.

Goster hatte eine Grenze überschritten. Es gab keinen dienstlichen Grund für den Anruf um 2 Uhr in der Nacht, es war eine persönliche Näherung.

H. trug einen blauen Blazer und einen blauen knielangen Rock und sah dienstlich aus wie nie zuvor. Sie setzte sich und schlug die Beine übereinander. Schwarze geschlossene Schuhe, die Beine nach links abgewinkelt. Sie blickte direkt in Gosters Augen. Er wusste sofort, die Kleidung und die Haltung und der haftende Blick sagten nichts anderes, als dass sie die dienstliche Distanz zurück haben wollte. Keine Nachtanrufe, egal aus welchem Grund, wenn es nicht unaufschiebbar war.

Goster hob und senkte dämpfend die Hände.

„Entschuldigung", sagte er.

„Ich will nachts schlafen."

„Dachte, es interessiert Sie."

„Nicht, wenn ich schlafe. Nie wieder, Herr Goster."

„Ja, Frau Klost."

Hämmerle war gutgelaunt an diesem Tage, wunderte sich also umso mehr, dass die Begrüßung so förmlich und die Luft zum Schneiden war.

„Wirklichkeit und Aktenlage berühren sich nicht!" rief Goster dem runden friedlichen Hämmerle zu, bevor dieser noch vor dem Schreibtisch saß.

„Na ja." Hämmerle wischte sich über den Mund.

„Die Ereignisse sprechen für sich selbst."

„Mehr als deutlich", antwortete H. bissig.

„Was?" fragte Hämmerle, der die Anspielungen nicht deuten konnte, auch nicht wollte.

Er blickte aus dem Fenster, zwei Raben jagten hinter einem dritten hinterher. „Vielleicht hat so das Fliegen begonnen", dachte Hämmerle, „man hört nicht auf sich zu jagen, in alle Richtungen."

„Den Raum mit Gas zu füllen, dazu muss der Ofen in Herbots Wohnung über Stunden kalt gelaufen sein, so dass unser Selbstmörder über Stunden seinem Selbstmord zugeschaut hat."

Goster sagte, was jeder wußte.

„Ein Ritual der Bestrafung, der Verzweiflung. Aber in einem langen, langen Zeitrahmen, das sieht aus, als ob er auf Rettung gewartet hätte. Also, als ob er angenommen hätte, gehofft hätte, dass die Dinge nicht so laufen, wie sie gelaufen sind, dass jemand ihn in letzter Sekunde retten würde." Das sagte H..

„Die letzte Sekunde gibt es nicht."

„Wie kommen Sie darauf, Hämmerle?"

„Weil die Zeit nicht endet."

Hämmerle hob seine Hand. „Einen weiteren Zweifel darf ich noch an Sie beide weitergeben, einen wirklichen Zweifel. Herr Goster bat, in Sachen Herbot weiter zu ermitteln, und ich dachte eigentlich, darum ginge es jetzt."

„Und?"

„Subutex."

„Und?"

„Im Blut des toten Kaufmanns hat die Hamburger Gerichtsmedizin auf unsere Anfrage Spuren von Subutex gefunden. Der Wirkstoff Buprenorphin betäubt das Denken, reizt aber den Opiatungewohnten auch zum Erbrechen. Nicht auszuschließen, dass es bewusst eingesetzt wurde, den Brechreiz auszulösen. Wurde dem Gefesselten und Geknebelten Subutex bewusst verabreicht, plante der Täter, dass sein geknebeltes Opfer erstickt. Man kotzt sich in den Tod."

„Wie verabreicht?"

„Tabletten im Mund zergehen lassen oder spritzen. Trinken genügt nicht."

„Nein?"

„Wird durch die Schleimhäute aufgenommen. Junkies lösen die Tablette auch im Löffel auf und ziehen es durch den Filter einer Zigarette auf die Spritze. 2 Milligramm genügen und das Pferd kotzt vor der Apotheke. Subutex wird als Substitut gegen Heroin verschrieben, die Subutexsucht hat die Heroinsucht vielleicht schon überholt. An jeder Klappe tauschen Dealer die Tabletten gegen 5 Euro."

„Die Tablette sieht wie aus?"

„Oval. Weiß. Ein B aufgedruckt und ein Strich. Meist die Zahl 8 für 8 Milligramm."

„Gute Arbeit."

„Ein Einstich im Oberarm wurde gefunden. Die Kollegen in Hamburg ermitteln neu. Wir gehen davon aus, es wurde dem Gefesselten gespritzt, damit er beim Kotzen erstickt."

„So grausam ist Herbot nicht." H. schüttelte den Kopf, Schweiß an den Händen. Sie hatte noch immer nicht die Gabe verloren, mit einem Opfer mitzufühlen. Dieser AugenBlick, dass ein geknebelter Mensch sich erbricht und erstickt, dieses Bild stach tiefer in die Augen als die private Erinnerung an letzte Nacht, an diesen dummen Anruf. Jetzt war er vergessen, durch das andere. Das Ende einer Katastrophe ist dann erreicht, wenn eine größere beginnt.

H. sah, wie im Traum, das Opfer auf dem Stuhl vom Brechreiz hin und her geworfen, mit dem Kopf gegen die Luft schlagend. Die Kotze würgte den gefesselten Kaufmann zu Tode.

Goster sagte: „Wer dem zuschaut hat, eine Seele ohne Augen. Dieser Herbot ist ohne Grenze. Ist er das?"

Und H., an die die Frage gerichtet war, schüttelte verneinend den Kopf.

„Vor 10 Minuten hatte ich noch eine Antwort gehabt", sagte sie.

Goster sagte nichts und hörte Hämmerle zu.

„Wir wissen nicht exakt, wann Herbot die Wohnung in Hamburg betreten hat. Wann er sie verlassen hat, sagt uns die Überwachungs-Kamera im Nachbargrundstück mit ZeitUhr. Vielleicht hat Herbot den Toten in einer großen Lache Kotze bereits vorgefunden."

Hämmerle schüttelte den Kopf, weil die beiden Ermittler nicht von allein darauf gekommen waren, sondern sie sich anscheinend lieber mit sich selbst befassten.

„Vielleicht", sagte Hämmerle, „sollten wir besser weniger auf uns schauen, mehr auf die Fakten."

H. und Hämmerle schritten ohne Worte im Gleichschritt aus dem Büro, H. verschwand in dem ihren, Hämmerle im Keller der Labors.

Goster hatte mit dem Anruf der letzten Nacht eine Grenze überschritten und die Verletzungen von Grenzen heilen langsam. Gleich schlimm war es, dass der Fall ihm entglitten war. Ohne Hämmerle hätte er die Spur nie gefunden.

26

Goster hielt sich weltweit für den Haupt-Kommissar mir dem kleinsten Büro. Zwei Zimmerpflanzen, die sich unverständlicherweise wohl fühlten, blickten von der Fensterbank auf den Polizeihof.

Aber das kleine Zimmer half ihm jetzt nicht, sich irgendwo wohl zu fühlen. Das gute Gefühl, in einer Höhle allein zu sein, wie gewohnt, stellte sich nicht mehr ein.

Die Akte über den nicht abgeschlossenen Fall des Selbstmörders im Gaszimmer ließ Goster sich erneut kommen, diesmal im Ganzen. Eine ältere Beamtin schob drei pralle Bände auf einem Wägelchen mit niederen und taktquietschenden Rollen herein. Sie grüßte.

Die Hand an den Lippen, die Finger an der Zunge, blätterte er Stoß um Stoß durch, stützte den Kopf in beide Hände, schloss die Augen und dachte jedes Detail blind in seinen Gedanken auf die Möglichkeiten voraus, so wie Schachspieler in einer langsamen Partie Probleme lösen.

Nachmittags besuchte er die Eltern des 27–jährigen Michael Herbot, der sich in die Luft gesprengt hatte. Die Eheleute Herbot, zwei Journalisten, bewohnten ein Reihenhaus, das ihnen gehörte. Sie waren über 50, hatten beide verweinte Augen, einen kleinen Bauchansatz und dünne Beine. Vater Herbot verwechselte Wut mit Trauer, was man seinen blitzenden Augen ansah.

„Er ist unter der Erde. Wir haben ihn verbrannt." sagte der Vater scharf.

„Darf ich in sein Zimmer?"

„Bitte, sagte die Mutter, „Ihre Hamburger Kollegen waren schon dreimal hier. Miche hatte dieses Zimmer bei uns und seine eigene Wohnung. Bei uns war er, wenn er es allein nicht aushielt. Persönliche Sachen hatte er drüben aufbewahrt."

„Es ist alles mit der Explosion verbrannt", ergänzte der Vater.

Eine Wendeltreppe führte zum Zimmer des Sohnes in den zweiten Stock hinauf, das Zimmer war schmal, aber mit Südseite. An den Wänden klebten große Fotografien, die in den Schmutz eingetretene ArmbandUhren zeigten.

„Hat er fotografiert?"

Margot Herbot erklärte: „Miche spazierte nach großen OpenairKonzerten tagelang über die Plätze der Festivals – dies ist der Ring, das die Waldbühne – und suchte nach den Veranstaltungen nach vergessenen, zertretenen Uhren auf dem Gelände, die er dann abfotografierte. Er suchte nur nach solchem, was es offensichtlich nicht gab. Nach Uhren. PlastikArmbandUhren, billiges kaputt gegangenes Zeug. Er wollte etwas suchen, was niemand suchte. Verlorene Zeit. Verrückt. Mir gefiel es. Ein Fotograf, der nach zertretenen Uhren suchte. Er hat in den 5 Jahren, nachdem er uns dieses Projekt verkündet hatte – er werde Fotograf – nur zwei Fotografien gemacht."

„Tja", der Vater sprach jetzt ohne Zorn und in tiefer Sorge von seinem Sohn, als würde dieser noch immer leben, „er hat kein Talent."

„Das Beste was ich seit langem sehe. Zeit braucht Zeit und am Ende ist es eine kaputte Uhr."

Goster verneigte sich. „Ein Kunstwerk, so elementar wie Herztöne. Der AugenBlick begreift, dass er etwas Besonderes ist, auch wenn er zerbricht."

Goster sagte es mit echter Bewunderung. Gegen die Inflation bedeutender AugenBlicke.

„Und Miche schrieb Gedichte, Romane", sagte die Mutter, stolz, diesem Goster zuzuhören. Das Lob zur rechten Zeit ist manchmal sonnengleich.

Sie lachte, wie es Mütter tun, die mit den Kindern in der Erinnerung leben.

„Nein", sagte Karl Max Herbot, „er schrieb nur die Überschriften auf, Stapeln von Überschriften, den Inhalt sollten wir dazu denken."

„Hatte er Freunde?"

„Uns."

„Und keine Freunde?"

„Uns."

Goster nickte, sah auf dem schmalen Schreibtisch die Fotografie einer hübschen Frau im Silberrahmen. Der Vater drängte seinen Kopf hoch über Margot Herbots Schultern.

„Wissen wir nicht, wer das ist", sagte der Vater.

„Kann ich das Foto haben?"

„Aber bitte."

Goster beeilte sich, das Haus zu verlassen.

Das Bild des Mädchens auf dem Foto betrachtete er lange, bevor er mit dem Wagen losfuhr. Schaltete über sich, im Himmel des Fahrzeugs, das Licht an. Die Haare kurz, große schwarze Augen, die Lippen fast dunkelbraun gefärbt. Eine Asiatin vielleicht. Die Aufnahme zeigte das Gesicht wie eine Polizeiaufnahme im

FahndungsProfil und unter das Bild hatte der Fotograf mit schwarzer Tinte in einer schönen selbstbewussten Schrift geschrieben: „We wanted us."

„Jede Liebe begeht das Verbrechen, zwei Leben auszulöschen, damit das neue beginnt, zu dem sie sich verbinden", dachte Goster.

Er war sicher, dass alle polizeilichen Methoden, die er kannte, in diesem Falle wirkungslos waren. Der Fall warf sich ihm zu Füßen.

Goster hatte die Vermutung, dass dieses Mädchen auf dem Bild mit beiden Explosionen in Verbindung stand. Er vermutete es, weil die Dinge ihn suchten und nicht er sie, weil alles, wie dieses Kind auf der TrümmerSäule, sich auf Wunder gründete, oder auf Zufällen, der Zufall die Knoten machte und das Schicksal die Netze auswarf.

Er dachte, diesen Fall zu lösen, indem er einfach, wie auf einer Reise in einem unbekannten Land, den Menschen und Dingen mit freundlicher Distanz eine Bedeutung gab, waren sie ihm noch so belanglos auf den ersten Blick. Er nahm sie beim Namen.

Beim Namen in dem Sinne, dass jeder zu einem Zweck in diesen Fall eingefügt worden war, wie der winzige Stein in ein Mosaik.

„Ein einzelner Stein in einem Mosaik hat keine Bedeutung, aber wenn er verloren geht, ist er das wichtigste Detail." So dachte Goster.

Und er wusste, er würde diesen verlorenen Stein wieder finden, auf eine banale Art und Weise, durch einen Zufall, durch irgend etwas, was nichts mit Polizeiarbeit im eigentlichen Sinne zu tun hatte.

Er wählte H.s Nummer und bat, den Wirt des SOSO ins Präsidium zu laden. Sie fragte, zu welchem Zweck, und er sagte: „Beginnen Sie mit dem Verhör, glauben Sie mir, es ist ganz egal, was wir fragen."

„Ich kann doch nicht..."

„Doch wir können."

27

H. hatte den Wicht der RotLichtBude, wie von Goster gewünscht, sofort ins Büro bringen lassen. Eine Streife traf ihn beim Putzen im SOSO an und zwang ihn, sofort mitzukommen. Der Wirt informierte seinen Anwalt von der Vernehmung, der dann gleichzeitig mit der Streife im Kommissariat eintraf.

Das offizielle Vernehmungszimmer lag neben den Großraumbüros. H. bat Anwalt und Wirt, Platz zu nehmen. Sie versuchte ruhig zu bleiben, da sie eigentlich keine Frage an diesen Wirt richten konnte, sie wusste nicht, was. Der Anwalt kam ihr Gott sei Dank zuvor und sagte, sein Mandant würde keine Angaben machen. Der Anwalt war jung. Anwälte, was ihr häufiger auffiel, wurden immer jünger, studierten mit Ziel und Eifer, das Bild des Erfolgs vor Augen, wie früher die Seefahrer den Polarstern, nicht von einer eigenen Idee getrieben. Auch dieser, die Haare kurz, eine Brille, weil sie ihm stand, glatt rasiert, schlank wie ein Jugendlicher, aber mit einem Lächeln, das manchmal eine Unruhe verriet, dort, wo jemand seine Schüchternheit verbergen will, das Zucken im Mundwinkel.

„Mein Mandant betreibt eine mediokre Kneipe. Was wirft man ihm vor?"

„Fragen wir Kommissar Goster." H. lächelte.

„Ist Goster das Gesetz?"

„Gesetze sind nicht so kompliziert." H. lächelte und drehte sich seitlich, goss Kaffee in eine Tasse und trank einen kleinen, dann zwei größere Schlucke.

H. fragte Goster, der endlich eintrat: „Was bedeutet medioker?"

„All inclusive", sagte Goster und der Anwalt lächelte gequält.

„Sie machen keine Angaben."

„Beide nicht?" fragte Goster.

„Ich bin der Anwalt", sagte der Anwalt.

Goster antwortete, indem er sich setzte, dabei den Stuhl drehte, so dass er die Hände auf der Lehne auflegen konnte, und wie ein Affe daran hing.

„Bei einem terroristischen Hintergrund haben alle diesen Grund."

„Oh."

„Ja."

„Dürfte ich mich mit meinem Mandanten..."

„Kurz allein ist immer allein", sagte Goster zu H. und sie schritten vergnügt aus dem VerhörRaum. Goster winkte zwei Beamten, denen er ins Ohr flüsterte. Mit gezogener Waffe blieben die Beamten in der offenen Türe stehen, als hätten sie keine andere Wahl, als jeden Fluchtversuch mit Schüssen zu beantworten.

Jetzt begriff auch der Anwalt den Ernst der Stunde und überredete den Mandanten zur kontrollierten Mitarbeit.

„Hören wir uns an, was sie wollen."

Der Wirt des roten Lichtes diktierte seine Personalien einer Schreibbeamtin in die Maschine. Sie schrieb sehr schnell. Auf dem Monitor tanzten die Worte.

„Blume. Thomas. Wohnhaft Gretstraße 4."

„Definition von Zuhälter."

„Bitte", der Anwalt giftete zurück.

Goster fragte weiter. „Sie leben davon, Herr Blume?"

„Die Bar ernährt mich."

„Die Frauen nicht?"

„Nein", sagte der Wirt, ‚alles nur Gäste."

„Das können wir nicht widerlegen, oder?"

„Versuchen Sie es."

„Nach der Explosion betrat eine Frau das SO-SO, grauer Rock, Schal um das Haar.

„Erinnere mich nicht."

„Gespräche im Nebenraum."

Blumes weitgeöffnete Augen blickten Goster zornig an.

„Das Geschäft läuft auf meine Frau. Eine junge Bekannte suchte Arbeit."

„Ja?"

„Ja."

„Eine Frau, die vor einem brennenden Haus davonrennt, sucht keine Arbeit."

„Suzie Q. Ich schwöre, so hieß sie."

„Schwören Sie nicht, Sie wissen nicht bei wem..."

„Suzie Q."

„I like the way vou talk, I like the way you talkwalk – diese Suzie Q?" Goster sang und tanzte zwei Schritte. „Wussten Sie, Herr Blume, dass es auch ein Tanzstil ist?"

H. schüttelte den Kopf. Blume schüttelte den Kopf.

H. stand seitlich von Blume, Goster und den Anwalt im Blick, neugierig und verärgert zugleich.

Goster hatte ihr den wahren Grund der Vernehmung nicht genannt. Er hatte also Kenntnis, dass diese Frau, die vor dem brennenden Haus davongerannt war, anschließend diese Bar betreten hatte und dass Blume sie kannte.

H. fühlte sich hintergangen, von Goster zur Szene geführt wie eine Statistin, der man nur einen winzigen Ausschnitt erklärt, aber nie das Ganze.

Seit dem nächtlichen Anruf missfielen ihr bestimmte Eigenschaften Gosters stärker als zuvor.

Wissen nicht zu teilen gehörte dazu.

Goster sah dem Wirt des SOSO, der Blume hieß, lange ins Gesicht, sagte schließlich: „Sie gehören zu der Kategorie von Menschen, die für Geld alles tun außer die Wahrheit zu sagen."

„Er darf mich nicht beleidigen", sagte der Wirt des Roten zu seinem Anwalt.

„Er hat sie nicht beleidigt, er hat sie beschrieben", antwortete dieser. Der Anwalt sagte dies in H.s Richtung, sah sie an und lächelte.

H. mochte Männer, wie Frauen, die einen Sprachwitz besitzen und den Mut hatten ihn loszulassen.

Der Anwalt lächelte weiter, H. lächelte zurück. H. lächelte länger als der Anwalt. Das Lachen der Beiden stieß Goster gallig auf.

„Grüße an Suzie Q."

Goster schickte Blume und seinen Anwalt mit einem Handwinken davon und zu H. gerichtet sagte er: „Gehen wir in der Kantine essen."

28

H. fragte, genau diesen Moment der Pause abwartend, beim Gang zur Kantine sachlich, aber bestimmt, warum der Grund der Verhaftung ihr nicht genannt wurde. Als Goster schwieg, fragte sie: „Wochenmenüs. Bekomm ich da eine Information im Voraus?"

Goster sagte: „Karotten, wenig Fleisch."

„In keinem Falle Fleisch", antwortete H..

„Karotten, viel Fleisch?"

„Warum arbeiten Frauen für einen Kerl wie Blume?" H. fragte es mehr zu sich selbst.

„Sie mögen Toupets."

„Erzogen, jedes Geschöpf dieser Erde, Steine, Moose, Flechten, Käfer zu beschützen, also auch jeden Trottel, der sie ausbeutet."

„Beute ich Sie aus?" fragte Goster.

„Ich verlange nur eins. Nehmen Sie mich ernst."

H. zog wütend ein Tablett vom Stapel der Essensaugabe, setzte nur eine Schale mit Milchreis über. Goster schöpfte Karotten und gabelte ein Stück Fleisch aus der braunen zähen Soße, trank von der gelben Limonade, bevor er den quadratischen Tisch erreichte.

Napoleon grüßte mit Tablett und Schmutzgeschirr, auf dem Weg vom Tisch zur Geschirrrückgabe. Goster winkte ihn heran.

„Ja?" Napoleon war überrascht, erwartete er doch, ignoriert zu werden.

„Der Fall."

Er nahm Platz.

„Der Tote aus dem Park?"

„Urs Beat Wächter, Angestellter der Fruh AG aus Zug, in Berlin zu außerplanmäßigem Urlaub."

„Außerplanmäßig?" Goster blickte auf das Fleisch. Braun in einer ovalen Form. Glänzend wie furniertes Holz.

„Die Fruh AG ist durch ein schweres Feuer leck geschlagen und hat 500 Angestellte freigestellt."

„Schon wieder ein Feuer."

„Gewaltig."

H. und Goster rührten ihr Essen nicht an, gespannt blickten beide auf Napoleon. Seine Zunge leckte unbewusst über die Zähne nach Speiseresten. Die Gabel in seiner Rechten wippte zwischen Daumen und Zeigefinger, er hatte sie ganz unabsichtlich von Gosters Seite aufgenommen. Kollegial gab Napoleon das

Wissen, welches er besaß, für die Kollegen frei. H. lächelte dankbar dafür und dachte: „Nicht jeder ist, was Goster aus ihm macht."

„Ein halbes Jahr vor dem Feuer sind die Kurse der Fruh AG in den Himmel geschossen. Die Fruh AG forschte über chemisches Schweißen. Zwei Artikel aus dem Handelsblatt berichten, aus Zufall habe die Fruh AG einen neuen Sprengstoff entdeckt, der geräuschlos funktioniert und eine ungeheure Hitze entfacht, aber extrem empfindlich sei und unkontrollierbar."

„Sie forschen über Herzmittel und finden die Wunderpotenz Viagra, forschen über chemisches Schweißen und die Welt zittert vor einem neuen Sprengstoff. Der Zufall wird immer mächtiger."

„Ich denke", sagte Napoleon, „Philosophie bringt uns nicht weiter."

H. lachte auf. Und Goster war verärgert.

„Fotos von diesem Wächter", sagte er scharf, wie ein Befehl.

„Passbilder?"

„Aktuelle."

„Noch keine."

„Wo abgestiegen?"

„Los Angeles Platzhotel.“

„Der Eingangsbereich ist videoüberwacht?“

„Wird rekonstruiert, weil, nach drei Tagen löschen sich die Aufnahmen automatisch.“

„Todesursache ‚erstickt an Erbrochenem‘ nehme ich an.“

Napoleon zog die Stirn in Falten.

„Ich mag Sie nicht, Herr Goster. Das hätten Sie mir sagen können, dass Sie es wissen.“

„Ich weiß es nicht. Subutex. Lassen Sie die Leiche auf Spuren dieser Substanz untersuchen. Und fahren Sie dorthin, in dieses Zug, wo Wächter wohnte, ich will wissen, wie es aussieht, danach.“

Goster erhob sich, das Gespräch zu beenden, er hatte von dem Teller nichts gegessen. Hämmerle trat hinzu, fragte: „Essen Sie das nicht?“

 Goster schob es ihm hin und dachte: „Dieser Hämmerle ist der einzige Mensch in diesem Laden, der immer weiß, was er will. Das haben die Verfressenen uns voraus.“

„Kommen Sie“, Stimme und Blick baten H., zu folgen.

„Nein, ich bleibe", sie deutete auf Napoleon und Hämmerle und löffelte Milchreis und blickte Goster nicht hinter her.

Am Nachmittag wurde H. von dem jungen Anwalt privat angerufen. Sie versprach ihm, sich mit ihm zu treffen.

29

Napoleon flog nach Zürich, mit dem Zug weiter nach Zug. Der Schweizer Kollege, der ihn abholte, sagte: "Das ist der Zugersee, das ist der Zugerberg. Postkarten machen uns glauben, dass alles existiert."

Napoleon atmete tief. Die Stadt war 40 km vom Flughafen Zürich entfernt. Im Schmuckkästchen stiegen Nebelschwaden gegen den Berg.

„Wollen Sie die Altstadt sehen?"

„Nein."

Sie fuhren ca. 4 km außerhalb zum havarierten Fabrikgelände. Das Gelände war mit Stacheldraht geschlossengeschlossen. Zwei Torwächter öffneten das Tor und Napoleon und der Kollege fuhren in einem grünen Jeep langsam hindurch.

Die Hausstümpfe ragten einen Meter aus schwarzer Erde. Die Häuser waren vom Feuer wie im ersten Stockwerk abgeschnitten. Napoleon wurde angewiesen, eine weiße Atemmaske zu tragen und nichts zu berühren. Der Kollege steuerte das Fahrzeug durch die Ruinen auf einen Krater zu, der sich in der Mitte des Geländes aufgetan hatte. Napoleon stieg aus.

„Vorsicht!" rief der andere, als er sich dem Kraterrand näherte.

Das Loch war 20 Meter breit und tief wie ein Brunnen. Unten schwamm eine Lache aus brauner Flüssigkeit.

„Hab ich noch nie gesehen."

„Wir auch nicht."

„Alles wegen dem Feuer?"

„Ja."

„Giftig?"

„Jetzt nicht mehr."

„Darf ich fotografieren?"

„Nein."

„Ursache?"

„Menschlich."

„Das heißt?"

„Daten wurden gestohlen, Proben der Substanz wurden gestohlen und ein Feuer gelegt, die Spuren zu verwischen. Dann ist der Laden als Ganzes hochgegangen."

„Proben gestohlen?"

„Sicher."

„Verdächtige?"

„Urs Wächter ist tot."

Die Fabrikhallen, die Verwaltungsgebäude und die Bäume waren niedergeschmolzen wie Wachskerzen, die Bäume wie dochtschwarze Stummel verkrümmt. Schwarz und zerbogen erhoben sie sich seitlich der Straße nicht höher als die Sperrgitter. Napoleon blickte in den Himmel des Fahrzeugs, den Kopf im Nacken. Er schloss die Augen.

Am Abend flog er zurück.

30

Hätte Goster nur etwas längere Arme, könnte er die Wand und das gegenüberliegende Fenster gleichzeitig berühren. So schmal war sein Büro. Als es klopfte, rief er: „Herein!" und H. trat ein, legte einen Zettel auf den Tisch, darauf ein Name und eine Adresse.

„Thuy Tien Nekar."

„Nekar?"

„Vater Deutscher, Koblenzer Buchhalter der Stadtwerke, Mutter Vietnamesin, der Name Thuy Tien bedeutet Kristall."

„Und?"

„Herr Nekar ist die Person, der das Handy gestohlen wurde, mit dem Miche Herbot telefonierte. Herbot rief aus der Wohnung des Opfers, dann in den Fängen der Überwachungs-Kamera in Hamburg, dann, im Gas der eigenen Wohnung, seine Mutter an, aber auch die Tochter des Herrn Nekar, diese Kristall. Sie rief er viermal an. Und fünfzig Mal die Tage zuvor".

„Das Handy von der Tochter mitgenommen?" fragte Goster.

„Ja. Der Vater bestätigte den Verdacht."

„Was weiß man über das Kristall?"

„Abitur in Koblenz, dann vor zwei Jahren in die Stadt gekommen, studiert Kunst. Drei Eintragungen, weil sie Freiern die Geldbörse und einem die Patek Philippe gestohlen hat. Und hat gearbeitet…"

„…im SOSO."

„Auch."

Goster streckte die Beine unter dem Schreibtisch aus, kreuzte die Hände im Nacken, blickte durchs Fenster in die Sonne, bis die Augen tränten, und dann leise flüsterte er leise: „Wären wir blind, wir würden das dennoch alles sehen."

„Was?"

„Die Stadt."

„Und?"

„Sie denkt."

„Hoffentlich wenigstens die Stadt."

H. sagte noch: „Übrigens, ich werde heiraten."

Und Goster nickte, hantierte plötzlich mit Blättern auf dem Schreibtisch.

„Ich war mir nicht sicher, aber aus irgendeinem Grund hat er mich wieder gefragt, und nachdem Sie nachts zweimal angerufen hatten, ohne dass es etwas bedeutete, wusste ich: Er fragt mich nicht noch einmal, er fühlt sich unterlegen und zieht sich zurück. Das will ich ihm nicht antun. Er hat seinen ganz feinen Seismographen auf Scheitern programmiert, aber er ist treu und mir ein Freund, und fordert nichts."

„Das hätte ich auch so gemacht", sagte Goster. Diesmal ohne Unterton.

H. verließ das Büro und Goster begriff, alles gegen sich entschieden zu haben, weil er sich ihr genähert hatte. Nähe ist Zufall, Zufall ist so selten gerecht. Und nie zu bändigen.

31

Am Nachmittag fuhren Goster und H. zur Wohnung der Thuy Tien. H. steuerte einen weißen Audi. Das Kristall hatte die Polizei schon früher erwartet.

„'Wann holt mich jemand?' dachte ich die ganze Zeit."

Ihr Gesicht war weiß. Die Wangen hoch und geschminkt, aber auch das Rouge konnte die Erschöpfung nicht aus dem Gesicht vertreiben. Die Augen blickten durch das Glas der Teilnahmslosigkeit, waren wehrlosgeweint, die Tränen zu ZeitReisenden geworden, die aus den Augen fallen und in der Vergangenheit aufschlagen. Sie war dünn, wie gerade noch dünner geworden, trank Rotwein aus einem festen Glas, schenkte aus einer felsgrauen Flasche, die halb leer war, nach. Eine leere stand daneben.

Eine Mitbewohnerin hatte geöffnet, diese wollte als Beistand im Zimmer verbleiben, aber H. schickte sie hinaus. Die junge Frau Thuy Tien setzte sich auf die Kante ihrer roten Couch. Im Rücken weiße, in der Mitte akkurat gekerbte Kissen, was für jeden wunderlich aussah, weil ansonsten das Zimmer vollkommen verwüstet war, entweder durch einen WutAnfall oder durch ungewollte Besucher.

Goster ging auf spitzen Zehen zwischen den auf dem Boden verstreuten Gegenständen durch das Zimmer. Hätte sich nicht gewundert, in einen Nagel zu treten.

Schubladen waren herausgerissen und der Inhalt auf dem Boden verstreut, die Wäsche ausgeschüttet zu Haufen im Dreck. Die Schranktüren eines Kleiderschrankes flügellahm.

Ein zerrissener PapierLampenSchirm als Dach über dem Haufen Bücher vor einem Beistelltisch.

„Ich mag es romantisch."

Auf dem Schreibtisch vor dem Fenster lag ein gemaltes Bildchen, der Rahmen gebrochen, nicht größer als eine Postkarte. Es war ein Portrait des jungen Miche Herbot, dessen Leben im GasFeuer geendet hatte.

Der Silberrahmen war das Gegenstück zum Rahmen der Fotografie in Herbots Zimmer, welche Goster mit sich trug. Er hatte sie aus Intuition eingesteckt.

Goster griff in die Innentasche und zog die Fotografie des Mädchens gerollt hervor. Er zeigte sie dem Kristall. Auf dem Sofa schlug die Frau, als sie ihr Abbild anblickte, die Hände vor das Gesicht. Goster verglich jetzt beide

Bilder, das bei Miche gefundene Foto und dieses gemalte.

„Der gleiche Rahmen."

Er hielt beide Bilder wie Spielkarten in einer Hand.

„Von Ihnen gemalt?"

„Ja."

„Sonst keine Bilder an der Wand?"

„In der WG im Flur."

H. setzte sich auf einen Stuhl, der wackelte, und wollte unter das kurze Bein einen Bierdeckel schieben, den sie vom Beistelltisch aufnahm.

„Das gehört so. Er hat ein zu kurzes Bein."

H. ließ sich nicht stören, erhob sich und stand dicht vor der sitzenden Frau, die aber nicht hochblickte, sondern zu Boden starrte, um den Kontakt der Augen zu vermeiden. Eventuell stand diese Frau unter Drogen.

„Haben Sie einen KünstlerNamen?" fragte Goster, der das gemalte Portrait des Jungen vom Schreibtisch zu einem braunen Armsessel trug, eine futteraufgerissene Lederjacke, die über der Lehne hing, zu Boden schob, sich setzte, die Ellbogen aufstützte und wieder das Bild ansah.

„Warum?"

„Signatur K."

„Kristall."

„Wussten wir schon."

„Warum fragen Sie dann?"

„Ich meine" sagte Goster, „ich hab ihn tot gesehen. Das Gesicht verbrannt. Der Körper
zerrissen. Ich mag das Porträt, weil der Tote
keine Augen hatte, das Bild gibt ihm die Augen zurück, das ist vielleicht der Zweck aller
Kunst."

„Augen."

Sie schluckte und weinte still und H. hob die
Kissen in ihrem Rücken an und fand unter
dem rechten eine schwarze Pistole. H. zeigte
die Waffe Goster und dieser nickte anerken-
nend. H. hatte dort gesucht, wo keine Unordnung war, unter akkurat gekerbten Kissen, weil
ihr dies die Ausnahme schien.

„Mit der Pistole auf die gewartet, die das gemacht haben? Dieses Zimmer zerstört haben?"

„Ja."

„Sie sind Malerin. Sie müssten mich verstehen.
Ich hab Bilder gesehen, die uns übersteigen.
Die in uns eindringen wie Messer. Herbot in

den Trümmern, ohne Augen – er hob das gemalte Bild ihr entgegen wie einen Beweis – ein Kind auf einem TrümmerStück in der Luft schwebend, die Erde spuckte einen Toten aus, ich hab das Licht der Hölle mich blenden sehen, die Obduktionsmappe eines Menschen gesehen, der an seiner Kotze erstickte. Ich kann diese Bilder, die mich übersteigen, nicht mehr halten. Als wären sie aus Blei. Ob mein Verstand diesen Fall löst oder der Zufall, oder Sie – es muss aufhören.“

„Ich hab den Koffer gestohlen.“

H. zuckte die Schultern und Goster legte das Bild ab, beugte sich vor und schaute prüfend der jungen Frau, die jetzt den Blick hob, in die Augen.

Kristalle leuchten.

„Welchen Koffer?“

„Metall. Schwer.“

Die Frau zögerte und schwieg.

Goster schritt durch das verwüstete Zimmer und das Schweigen, vermied aber die konkreten Fragen. Aus dem Bücherhaufen zog Gosters Hand ein Buch mit blauem Einband, etwas über Theater.

„Dachte, Sie studieren Malerei.“

„Dachte auch an BühnenBildnerin, hab TheaterKurse belegt."

Goster schlug das Buch auf, las halblaut: „Die Tragödie erinnert sich immer an den Schmerz. Und das Drama an die Logik..."

„Verstehe ich nicht."

„Der Schmerz vereint, was die Logik in richtig und falsch geteilt hat. Wir erfahren Bilder, die uns übersteigen. Trojas Asche wird niemals kalt."

Goster blickte aus dem Fenster, zur Stadt. Eine Birke verstellte den Blick. Eine Amsel sang stumm.

„Wir würden uns eine Woche an Troja erinnern, nicht 3000 Jahre, wenn es heute geschähe. Es wäre nur noch eine Stadt in noch einem ScheißKrieg." Dann schwieg er.

„Die Frage ist, Herr Kommissar, welches sind die Bilder, die uns heute übersteigen?"

„Ein Mensch erstickt an seiner Kotze." Goster sagte es, ohne nachzudenken.

Sie antwortete nicht.

Die Malerin blickte lange in Richtung von H., weil sie von ihr aus einem nicht erklärbaren Grund, vielleicht nur, weil sie jünger war als Goster, ein Lächeln erwartete. Die Malerin legte ihre Hände flach auf die Schenkel, drückte den Rücken durch, bis sie aufrecht saß.

H. sagte: „Was ist mit dem Koffer?" und dann gedehnt, „Sie hätten hier aufräumen sollen…" Sie sagte es kurzwortig und blickte gelassen, unbeeindruckt von der Rede.

„Bitte?"

„Ich glaube auch nicht an das Theater."

Auch Goster schaute voller Mitleid, wie man einen Menschen anblickt, der sich in der Bedeutung irrt. Das Kristall lächelte gekränkt, klappte das innere Souffleurbuch der Selbst-Darstellung, das alle TheaterLeute besitzen, wieder zu und kehrte in die Welt der Gegenwart und zu sich selbst zurück. Das Strahlen der Augen erlosch. Der Oberkörper sackte ein. Sie berichtete die Sache.

„Im SOSO. Ich, …wenn ich mich verletzt fühle, immer wenn ich ungerecht behandelt werde, bestehle ich Freier. Blume hat mich verärgert, ein Freier hat mich zwei Stunden sitzen lassen. Ich wollte gleich gehen, aber Blume sagte, ich muss ohne Bezahlung warten. Da hab ich einfach den Koffer bei Gelegenheit als Ausgleich genommen. Der Koffer stand in der toten Ecke, hinter meinem Stuhl. Kommt manchmal vor, Freier lassen das Gepäck unten im SOSO und gehen mit den Mädchen aufs

Zimmer. Blume hat oben eine Wohnung angemietet. Vielleicht war der Koffer auch einfach vergessen worden. Blume weiß, dass ich so ticke. Mein Vater ist mein StiefVater, bei ihm hat es mit dem Stehlen angefangen. Und Blume, als ich wartete, hörte nicht auf, sich über mich lustig zu machen. Ich wollte eine Subutex, er gab sie mir nicht."

„Verstehe."

Goster schaute diese Frau ununterbrochen an, während sie sprach, staunend und misstrauisch zu gleich. Sie war schön. Verletzt. Und, auf eine stumme Weise, auch wehrlos.

Beide Hände trommelten mit gestreckten Fingern flach und synchron auf die Schenkel, was sie aber selber nicht bemerkte. Lügner tun dies und Verzweifelte. „Beides ist sich zu ähnlich, um es zu unterscheiden", dachte Goster.

„Gewalt, die mich als ihre LieblingsLeinwand benutzt, um die Bilder der absonderlichsten Fantasien aufzutragen, hab ich genug erlebt. In der Schule hab ich mich geritzt, dann das Klauen angefangen – das ist meines Vaters Pistole – bin rausgeflogen zu Haus und in Berlin vor zwei Jahren gestrandet, hab Miche kennen gelernt. Er kümmerte sich um michmich und konnte sich selbst nicht helfen. Wir

174

waren wie Tätowierung und Haut, was uns verbunden hat, war der Schmerz der Bilder."

„Sie haben niemanden außer Miche…"

„Seit ich Vaters Telefon und Pistole geklaut habe, bin ich meiner Mutters Tochter nicht mehr."

„Warum haben Sie es geklaut?"

„Er hat mir was genommen, ich ihm."

„Was Ihnen?"

„Meine Mutter."

„Hat er Sie angefasst?"

„Ich hätte ihn erschossen. Nein. Mutter und ich – meinen leiblichen Vater kenne ich nicht – haben 14 Jahre allein zusammen gelebt. Das ist nicht gut für das Kind, wenn es von einem auf den andern Tag erwachsen werden muss. Ich war für meine Mutter ganz schnell erwachsen geworden, um alles zu verstehen, was sie mir erzählte, denn sonst war niemand da, mit dem sie reden konnte. Und dann kommt ein alter Mann und zieht bei uns ein und ich fühle die Stille. Aber wenn ich etwas stehle, dann fühle ich mich."

„Weiter", bat H. in die Stille.

„Ich klaue. Alle wissen das."

„Weiter.“

„Muss.“

„Weiter.“

„Am Koffergriff hing ein großes AdressSchild aus Leder mit Sichtfeld, nicht zu übersehn. In den Feldern für Name und Adresse und Stadt wurde eine Botschaft hinterlassen, als hätte jemand darauf gewettet, dass der Koffer gestohlen wird. ‚Öffnen Sie den Koffer nicht, nicht mit Gewalt, keine Hitze, rufen Sie diese Nummer an – ich hab sie noch – Sie erhalten eine Belohnung.‘“

„In wie vielen Sprachen geschrieben?“

„Nur deutsch.“

Goster lächelte. Ein so vorsichtiger Kofferbesitzer hätte die Nachricht mindestens auch in Englisch abgesetzt.

„Ein schlechter Krimi“, sagte H. und auch Goster hatte Zweifel.

„Wird noch schlechter“, sagte die Malerin.

„Weiter.“

Kristall trank aus dem Weinglas, schluckte und holte Luft.

H. verlangte die Nummer, die immer noch in dem Handy der Frau eingespeist war. Sie wählte, aber sie war ohne Anschluss.

„Damals meldete sich jemand. Und die Stimme am Telefon nannte den Hamburger Bahnhof als Treffpunkt. Er würde den Koffer erkennen. Und ich sagte, 20 000, und das war in Ordnung. Es war alles klar und Miche und ich fuhren mit dem Zug. Am Bahnhof kam niemand. Ich rief wieder an und eine Adresse wurde genannt, in Hamburg, als neuer Treffpunkt. Ich schickte vom Bahnhof Miche ohne Koffer mit dem Taxi voraus und wartete mit dem Koffer am Bahnhof. Ich wollte mit dem Taxi mit dem Koffer nachkommen, wenn das Geld gezählt ist. Alles ging schief."

H. unterbrach sie, wie als Warnung: „Jeder Bahnhof wird kameraüberwacht. Ich bin gespannt, ob wir Sie auf den Bildern in Hamburg wiedererkennen. Mit einem Koffer in der Hand? Und ob wir Miche Herbot an Ihrer Seite sehen."

„Der Kerl war schon tot!" Kristall schrie.

„Weiter", versuchte Goster zu beruhigen.

„War schon tot!"

„Ja."

„Miche rief aus der Wohnung des Mannes an, der uns die 20 000 geben wollte. Er schrie: ‚Er ist tot, umgebracht!', beschrieb den Mann, der gefesselt auf einem Stuhl saß und sich vollgekotzt hatte. Wie er mit mir sprach und fragte, was er jetzt tun solle, hörte er plötzlich ein Geräusch und sah einen Schatten. Ich glaubte ihm nicht, ich wollte, dass er das Geld sucht."

„Und, hat er es gefunden?"

„Der Safe sei leer, sagte er mir am Telefon."

Goster nickte.

„Ich verlor die Nerven, ich schrie Miche an: ‚Was hast du getan?' Dass der tot war, ging mich nichts an, ich wollte diese 20 000 und alles hinter mich werfen. Ich sagte zu Miche: ‚Du hast nie Glück.!' Aber da war Miche schon davon gerannt."

„Konnte er den Schatten beschreiben?" fragte Goster.

„Nein. Dieser Schatten hat vielleicht auf mich gewartet. Verstehen Sie?"

„Weiter", H. drehte mit der rechten Hand Kreise.

„Hab dann ein Ticket gekauft nach München und bin mit dem Koffer Zug gefahren, dachte, der Zug ist ein sicherer Ort, um nachzudenken, und ich fuhr einen Tag und kam erst am nächsten Tag wieder in Berlin an, am Nachmittag, aber da war Miche schon tot. Er hat, bevor er sich umbrachte, versucht mich anzurufen. Ich hab nicht abgenommen."

„Nicht gerechnet damit, dass er sich umbringt?"

„Er hat nie Glück. Es hätte doch wenigstens auch beim Selbstmord etwas schief gehen können."

Goster nahm zwei Gläser vom Regal und schenkte sich und H. Wein ein aus der Flasche.

„Fragen Sie", sagte das Kristall.

Die Erinnerung des Schmerzes.

Das Kristall erzählte weiter, ohne dass H. oder Goster den Sachverhalt abfragen mussten.

„Nur das Gefäß sein, das sich mit Schmerzen füllt."

Sie weinte still. Ein, zwei Minuten. Goster und H. schwiegen, versuchten ohne Geräusch zu atmen. Eine dunkle Stille. Beide blickten auf eine Frau, jung und ohne Zeit. Er wartete. In allen Menschen wartet ein Ende, irgendwann wird es deutlich.

„Wohin mit dem Koffer? Bin mittags angekommen und fand meine Wohnung verwüstet.

Da begriff ich, wer immer das ist, der uns in Hamburg in die Falle lockte, der das eingefädelt hat, er weiß, wer ich bin. Er will den Koffer zurück."

„Möglich", H.s Stimme verriet große Zweifel.

„'Wenn ich nun den verfluchten Koffer wegwerfe', dachte ich bei meiner Rückkehr, ,verliere ich meinen einzigen Trumpf.' Ihn zu öffnen traute ich mich nicht. Wegen der Warnung auf dem AdressSchild. Ich bin so ein Schaf. Also rief ich wieder an, die Nummer aus dem Kofferanhänger, diesmal für 40 000. Ich sollte in den Zoo kommen, das wollte ich nicht. Ich legte auf. Eine Kollegin wohnt nicht weit vom SOSO. Ich wollte den Koffer dort abstellen, nachdenken, Zeit gewinnen. Aber sie war im Urlaub und ich saß vor der Türe, vielleicht drei Stunden, vier, weiß nicht, schlief ein. Dann wurde es laut und ihr Typ kam mit drei Freunden die Treppe hoch, kann ihn nicht ausstehen, er schlägt sie. Die Typen fragten, was ich will, ich sagte: ,Den Koffer abstellen.' und die fragten, ob das meiner sei und ich sagte, weil ich so verwirrt war, so müde: ,Er ist aus dem SOSO.' Das genügte für die, zu begreifen, dass er gestohlen war, und der Betrunkenste riss ihn aus meinen Händen. Weil ich den Koffer zurück haben wollte, bekam ich eine geklebt und auch noch einen Tritt in die Seite."

Sie schob das T–Shirt hoch, zog die Hose leicht nach unten und zeigte einen großen blauen Fleck.

„Ich sah noch innen in der Wohnung, wie einer mit einem FlambierBrenner aus der offenen Küchenschublade, mit dem man so eine Crème brulée macht, und einem KüchenMesser das Metall und die VerschlussSchnallen bearbeitete. Die Wohnungstür wurde vor meiner Nase zugeschlagen und ich stand draußen, im Flur, klopfte gegen die Tür. ‚Es ist mein Koffer!'

Dann hörte ich Schreie drinnen und die Luft wurde heiß. Aus dem Türspalt, als würde die Badewanne überlaufen, floss das Licht heraus, ich rannte los und erwischte noch die Ecke zu den Treppen hinab, hinter mir glühte die Treppe, ich zog mein Tuch über den Kopf. Das Haus zitterte, als ob es mit Stiel und Wurzel ausgerissen würde. Ich bin abgehauen ins SOSO, hab den Blume angeschrien: ‚Was ist das für ein ScheißKoffer, wem gehört der, was ist das?'"

„Und Blume?"

„Und Blume war das scheißegal. Der war fröhlich, dass da ein Haus in Flammen stand. ‚Gut, gut', sagte er die ganze Zeit. Dann sah er mich an, sagte, wie als Belohnung: 'Subutex und ein

Freier suchen ein Mädchen mit JungenGesicht.' Das ist die Geschichte. Blume gab mir Subutex und den Freier und ich fühlte nichts."

Goster nickte.

„Keine Fragen mehr, Herr Kommissar?"

„Die Logik führt nicht weiter. Ich hör nur zu", sagte Goster und H. nickte.

Die Beweise des Falles, alles, fiel ihm vor die Füße, aber zu welchem Zweck? Vielleicht um zu begreifen, dass durch das Denken Probleme nicht mehr gelöst werden konnten? Für die Lösung braucht es den Zufall, oder die Stadt. H. fragte, ob Thuy Tien der Stimme am Telefon ihren Namen gesagt habe.

„Natürlich nicht. Ich hätte gewettet, im Nachhinein, es war Blume."

Goster nickte und klatschte zum Aufbruch leicht in die Hände. Und auf das Zeichen erhob sich auch H.. Das Kristall öffnete die Zimmertüre zum Wohnungsflur. Der Flur war schmal und leer von Gegenständen. Schulheftgroße Ölbilder waren mit fingerdicken rostigen Balkennägeln an der Wand befestigt und hingen an weißen Plastikschnüren in Augenhöhe.

„Die Nägel sind ein Teil des Kunstwerks, suche sie in Abbruchhäusern."

Goster nickte wieder stumm und besah sich das erste Bild.

„Wenn Flugzeuge Augen hätten, sie sähen die Stadt wie Lochkarten, als die Computer denken lernten", das Kristall deutete mit der Hand auf das Bild.

„Bedeutet?"

„Wenn Flugzeuge Augen hätten."

„Das da?"

„Troja brennt. Die Stadt verliert die Kraft als Prinzip, die Menschen zu schützen. Die griechische Tragödie beschreibt immer auch den Tod der Stadt."

„Und?"

Goster sah auf das letzte Bild in der Reihe.

„Ich kotze."

„Schöner Titel."

H. bestellte zwei Polizisten, die die Frau, die mit Künstlernamen Kristall hieß, zur Polizei brachten, zur EigenSicherheit. Sie ließ es mit sich geschehen, sagte aber plötzlich: „Weitermachen, ohne ein Leben, können nur die Toten."

Das Fahrzeug hielt auf ihre Bitte mitten auf der Strecke. Sie ging zu Fuß zurück. Niemand widersprach ihr.

Am nächsten Tag wunderte sich Goster nicht mehr. Die Wunder waren selbstverständlich. Der Fall brauchte zur Aufklärung überhaupt keine Denkkraft. Es war alles wie in Stein geschrieben und unveränderbar, wie die Namen der Toten auf einem Grabstein.

Sterben, ohne ein Leben gehabt zu haben, das gilt für die meisten Toten.

Er wiederholte den Satz.

32

H. überbrachte Goster am nächsten Tag die Nachricht, dass der tote Hamburger Kaufmann Börner vorbestraft war, Verletzung des KriegsWaffenKontrollgesetzes.

„Er verkauft KriegsWaffen. Beste Beziehungen."

„Jetzt nicht mehr."

„Weiß man's?"

Goster schmunzelte. Er rief Napoleon an und erfuhr in diesem Gespräch, dass die Bilder der HotelÜberwachung rekonstruiert worden waren, dass die Fabrik in Zug in die Luft gesprengt worden war und man Wächter verdächtige.

Napoleon legte auf. Selbst Goster konnte nicht erahnen, was diesem Napoleon begegnet war.

H. forderte die Überwachungsbilder aus dem Hamburger Bahnhof an.

33

Wer ist Gott? Und wer ist Gott nicht? Wenn die Sonne es nicht ist. Wenn der Mond es nicht ist. Vielleicht dieses Universum, das sich aus welchem Grunde auch immer ausdehnt.

„Stellen Sie sich vor", sagte der BouleSpieler zu Goster, „auch das Universum weiß nicht, wohin es sich ausdehnt. Dann hätten wir das Gefühl der Unwissenheit als Ursprung, das ganze Universum ist damit erfüllt. Es weiß nicht warum und nicht wohin."

Sodann ließ er eine Kugel fliegen. Die Kugel schlug Gosters Kugel, die sich so sanft an das Schweinchen angelehnt hatte, aus dem Spiel.

„Carreau." Der Alte grinste.

Goster lächelte. Er hatte sich drei Kugeln gekauft, der Marke Obut, war einfach auf Zufall losgegangen, fand den Alten alleinspielend. Er begutachtete die Kugeln.

„Obut."

„Hab ich Ihren abgeschaut."

„Gut."

So spielten sie.

Schließlich sagte der Alte, als er das Spiel wieder 13 zu Null gewann: „In La Ciotat, wo man Pétanque quasi erfunden hat, an den Kneipenwegen, musste der, der 13 zu 0 verliert, den Hintern der Wirtin Fanny küssen."

„Was bekommt der Sieger?"

„Darf zusehen."

„Ich will nie gewinnen."

Goster begann, sich Taktiken auszudenken, gewann einzelne Würfe, gewann schließlich gegen Abend des ersten Spieltages 13 zu 12. Der Alte schluckte.

„Ich verliere nicht gern."

„Ich gewinne nicht gern."

Und der Alte sagte: „Aber dafür sind Sie nicht hier, das fühl ich, wie einen Wetterumschwung."

„Ich ermittle in einem Fall oder der Fall hat sich mich ausgesucht, ihn zu ermitteln. Es ist nie ein Zufall, wenn ich jemandem begegne."

Mit zwei Kugeln in der Hand, die gegeneinander klapperten, weil die Hand die Kugeln in der Hand drehte, erzählte Goster seine Geschichte und er hatte endlich Gewissheit, dass diese Sache mit ihm nichts zu tun hatte, bis auf den Punkt, dass er die Sache war.

Dann hörte er dem Alten zu, der auch erzählte, froh, es loszuwerden: „Im Vorstand einer BauGenossenschaftsBank ein Leben lang gearbeitet, dafür, dass sie eine sichere Bank für die Kunden ist. Wurde carreau geschossen, über Nacht, und machte einem Herrn Kuhfuß Platz, der im übrigen keine Ahnung hat vom BankGeschäft, aber sein Ministerium, aus dem er herausflog, war ihm einen Gefallen schuldig, der mich meinen Platz kostete. Kuhfuß hat ein Talent für dubiose Verbindungen, das ist hilfreich in der Politik."

„Verstehe."

„Ich spiele jeden Tag hier."

„Ich steh wieder am Fenster. Ich trinke wieder Wein. Diesmal aus einem Glas. Ich trinke nur dieses Glas. Ich schau hinaus. Diese Fassade im Hintergrund ist weiß und wirkt weißer auf Grund der roten Ziegel der umliegenden Dächer. Ich kann immer hier stehen, diese Welt ansehen, dieses zerstörte Haus. Ich sehe noch immer das Glühen. Ich werde das Feuer immer fühlen, wie kalte Asche."

Ja, er hatte Hunger. Leerte den Kühlschrank, schnitt Käse von einem Block, Brot von einem Laib, die Scheiben in der Art der Russen, zwei Finger dick, aß Brot vom Brot, Käse vom Käse, belegte den Käse nicht mit dem Brot, weil er die Art der Russen lieber mochte.

Er stellte das Radio an und sang und tanzte, als sein Lieblingslied gespielt wurde, als hätte er es sich gewünscht.

„Lass uns auf die Reise gehen..."

Musik ist auch das Sofa der Seele.

Er schlief ein. Und hörte aus der Nacht rufen:

In meinem Garten

Zwischen den Schatten

Eile ich hin und her.

Im Fernsehn lief eine Profilerserie, die er zum Einschlafen brauchte. Er trank nicht weiter. Hatte den Wein wieder verkorkt. War glücklich, den Grund wusste er nicht.

H. trug ein weißes Kleid aus Leinen. Die Sonne begann wärmend zu scheinen, leuchtete durch die Fenster in Gosters Büro. 11 Uhr. Er fror, vom ZeitungsLesen. Und den Bildern. Eine Stadt brannte. Irgendein Krieg. Eine Stadt aus Trümmern. Das Zeitungsbild zeigte auch kleine sich duckende Menschen zwischen den Häusern, wie Kleckse zwischen den schwarzen Zeilen einer großen Kinderschrift. Ohne die Menschen wäre es keine Stadt aus dieser Welt.

H. erzählte. Und er hörte zu.

„Wir kommen nicht weiter.“

„Wenigstens dahin.“

Seine Hand griff das blaue Dossier, das die SpezialAbteilung der WaffenAnalyse als gehobene Lüge gefertigt hatte.

„'WerksStudenten finden WeltKriegsGranate im Schrott', so heißt es jetzt offiziell.“

Goster schaute diese junge Frau lange an, wie um sich eine Frage klarer zu machen.

„Wenn nur noch gelogen wird, wird dann alles wahr?"

„Die Wahrheit umkreist uns, wie der Mond die Erde, kaum vorstellbar, dass Mond und Erde einmal eins waren."

„Auch eine Wahrheit."

„Ich", sagte er kurz, „hab angefangen, Boule zu spielen."

Sie schlug die Augen groß auf, diese staunende grünblaue Welt des Erkennens, diese schöne Haut und diese Sonnensprossen, dieses Gesicht, das auch mit den Augen lachte, die Wangenknochen, heute dezent geschminkt. Die Fremde.

„Wie in Frankreich die alten Männer, mit einer Kippe schräg im Mund?"

„Unter einer Ulme."

„Mit eisernen Kugeln."

„Das älteste Spiel der Welt. Gewinnen und verlieren hat Schuld und Unschuld ersetzt."

„Noch älter als die Lust zu spielen ist die Lust, gut zu essen. Vielleicht waren tatsächlich die ersten Wissenschaftler Köche."

H. lud ihn ein.

Im Italiener servierte der albanische Kellner Spaghetti, diesmal mit einer grünen Tomatensoße. Goster drehte die Nudeln auf eine Gabel. H. saß ihm gegenüber, löffelte eine Hühnersuppe ohne Huhn.

„Spaghetti, mit Gabel und Löffel gegessen, ist das ehrlichste Gericht der Welt."

Selbst der albanische Kellner drehte sich jetzt von seinem Platz um, denn er hatte am Nebentisch bedient.

„Warum?" fragte H..

„Nun, sehen Sie, ich drehe diese Spaghetti mit der Gabel und der Umfang der Gabel nimmt zu. Proportional und zeitverschoben geht es so auch meiner Figur."

H. lachte in die Suppe. Der Albaner lachte und der Gast am Nebentisch, ein mürrischer Vertreter, fragte: „Geht's noch?"

Der Albaner schluckte das Lachen hinunter, zeigte ein starres Gesicht und schob das Trinkgeld des Gastes, der sich beschwerte, zurück.

Nach dem Essen, die Teller abgeräumt, der Espresso bestellt, aber noch nicht angeliefert, legte Goster die Hände flach auf den Tisch und blickte H. streng und sorgenvoll an.

„Wie geht es Ihrem Verlobten?"

„Er überlegt sich eine Selbstständigkeit."

„Als Heizungsbauer?"

„Erdwärme, Solar. So etwas."

„So etwas."

„Ja."

„Sie sind nicht die Frau, die nicht genau nach-
fragt. Er hat das Recht, dass Sie ihn ernst
nehmen. ,So etwas'. Planen Sie mit ihm, ich
meine, nehmen Sie den Mann, mit dem Sie leben, beim Wort, oder wollen Sie irgendwann
einen Mann, der mit Ihnen lebt und aufgegeben hat?"

H. pflegte die Mutter, das wusste Goster. Und
sie war das intelligenteste Geschöpf der hiesi-
gen Polizei. Und der Mann, der sich verlobt
fühlte, war das ehrlichste Wesen auf diesem
Planeten. Wenn Goster seiner Umgebung
nicht besondere Merkmale zuschrieb, konnte
er nicht an sie denken. Natürlich ging ihn alles
nichts an, natürlich waren seine Ratschläge
vermessen, aber genau aus diesem Grunde,
und H. wusste es, nahm er sich in die Pflicht,
die Dinge zu sagen, die offensichtlich sind, für
die wenigen, die ihm etwas bedeuteten.

Die Grenzverletzung war geklärt.

37

Im Hauptgebäude hatte der Leitende Staatsanwalt alle in sein Büro geladen.

Ein blauer Tisch in der Zimmermitte und weiße Stühle, kreisrund angeordnet, und der Boden aus einem dunklen Parkett.

Goster saß neben H., der Leitende Staatsanwalt ihm gegenüber.

„Wir haben den Fall abgegeben."

„Ich weiß."

„Und warum ermitteln Sie weiter?"

„Es fällt mir vor die Füße."

„Ich muss Sie beide bitten, Stillschweigen zu bewahren."

„Wir schweigen über nichts."

„Davon reden die Meisten."

Der Kerl war nicht dumm.

„Ok."

Goster und H. verließen das Büro, schritten durch einen leeren Gang. Er bestand darauf, die Treppe hinab zu steigen, statt, wie meist, den Aufzug zu benutzen. Er redete halblaut und starrte auf den Boden.

„Vielleicht bearbeiten wir den größten Fall unseres Lebens und wie so ein MistKäferchen an einem zu großen Haufen Mist verzweifelt, kommen wir nicht weiter. Scheiße kann so groß werden."

38

H. hatte für den Abend ihren Verlobten eingeladen zu einem Essen mit Nudeln und Trüffelspänen.

Sie redeten lange und er strahlte, erzählte, schrieb Zahlen einer Kalkulation auf die Serviette und sie zog die Serviette zu sich und rechnete die Zahlen nach, strich Zahlen durch, lächelte, und er setzte wieder seine Träume dagegen.

Dies wiederholte sich über Wochen.

H. kontaktierte die Handelskammern, suchte Fortbildungsseminare aus, organisierte die Termine, schickte ihn zu Buchführungskursen, zu Kursen über Vertragsgestaltung und Handelsrecht. Und wie man für eine fremde Sprache Vokabeln und Grammatik lernt, fragte sie ihn abends nach moderner Solartechnik und Kaufmannsrecht ab. Er hatte schweißnasse Hände dabei.

„Was ist das Wesen des Kaufmännischen Bestätigungsschreibens?"

„Schweigen gilt als Zustimmung."

„Wie im Leben."

„Beispiel?"

„Rassismus."

Beide lachten.

Beide lachten und schwiegen nach dem Lachen und er hob ihre Hand vom Hefter und
küsste sie, fein und fern und mit einer gewissen Trauer in den Augen, die sie im Augen-
Blick noch nicht deuten konnte.

39

Goster starrte wieder auf die Straße. Das ging jetzt seit Wochen so. Das schöne Kristall hatte sich nie wieder gemeldet. Sie war zu der Malerei zurück gekehrt in einer unbestimmten Ernsthaftigkeit, mehr ein Lauern auf etwas, als ein Wissen von etwas.

Das Wohnhaus mit dem entkernten Zimmer in seiner Straße war in Windeseile wieder aufgebaut, als sollten alle Spuren beseitigt werden. Herbots Haus blieb lange eine Ruine. Die Erben stritten sich.

Die JournalistenEltern Herbot veröffentlichten in ihrer eigenen Zeitung einen langen Brief an den toten Sohn und vergaben ihm und beteuerten ihre Liebe, und die alten Urlaubsbilder mit dem Kind am Strand, die Fotografien der Familie, waren als Beweis der verlorenen Idylle mit abgedruckt.

Die Trauerberichte wurden in der New York Times nachgedruckt. Gefragt von ihrem Verleger, welche SonderGratifikation sich beide dafür wünschten, baten sie um eine Beförderung der Kollegin Ruth, die die Aufnahme der ÜberwachungsKamera in die Talkshow als Nackenschlag auf das Handy von Margot Herbot gesendet hatte.

„Aus diesem Grunde und es soll ihr der Grund genannt werden."

Beate Ruth erfuhr die Nachricht der Beförderung in dieser Reihenfolge: Nachricht der Beförderung, dann Hintergrund des Grundes der Beförderung. Den anfänglich vor satter Zufriedenheit strahlenden Augen wurde alles Licht entzogen. Der PersonalChef redete mit ihr, ohne sie anzublicken, der Tonfall gesucht pathetisch.

„Wir befördern Sie als Ausdruck unserer Missachtung. Aber wir wissen auch, dass heutzutage Niedertracht Qualität bedeutet, gerade auch bei Zeitungen."

Sie kündigte am selben Tag.

Unten in der Straße, unter Gosters Fenster, unter seinem Blick, versuchte ein Betrunkener eine Katze zu streicheln, was aber misslang, weil das Tier immer wieder stehen blieb, dann wartete, bis der Betrunkene sich wieder näherte, dann wieder weglief und wieder stehen blieb. Beide schienen das Spiel ernst zu nehmen, deshalb endete es nie.

Schließlich stürzte der Betrunkene und blieb liegen, eine, zwei Minuten, drei. Passanten überquerten die Straße, jemand rief den Krankenwagen und Goster verschloss sein Fenster mit den neuen Vorhängen.

Wenn ein Betrunkener stürzt, ist immer Gegenwarts Ende. Man zieht sich zurück, oder eilt schneller nach vorn.

Morgens rief er im Büro an, verlangte seinen Vorgesetzten, bat um drei Tage Urlaub, was ihm gewährt wurde, da der andere, der Erste Hauptkommissar, die Not in der Stimme lesen konnte.

Goster las dreizehn Zeitungen, die er sich gekauft hatte. Er suchte einen Weg zurück in die Welt zu finden, er fühlte sich von ihr ausgeschlossen.

Mittags ging er spazieren zur Ulme. Der Alte hatte fünf Mitspieler gefunden und sie diskutierten über den Kugelabstand, maßen mit einem gelben Maßband die Entfernung zum Schweinchen und Goster ließ sie spielen, da er das Glück dieser Gruppe nicht stören wollte. Er wusste ja, nie dazu zu gehören war auch eine Verbindung.

Abends, allein mit sich, begab er sich noch einmal in die Bar des NebenStrassenLuden, dem bezopften Rundgesicht, ins SOSO. Dieser erschrak, servierte Mineral und bat eine Angestellte, sich neben Goster zu setzen.

Goster sagte zur Begrüßung dieser Angestellten: „Bei unserer Geburt wussten wir etwas, was wir nie wieder wissen werden. Vielleicht ist es ein grenzenloses Gefühl von Hoffnung und Freude. Und zu leben heißt dann, dass es immer weniger wird. Aber manchmal denkt man auch, neu geboren zu sein."

„Woher wussten Sie, dass ich hier bin?" fragte das Kristall.

„Ja, das ist von Anfang an so, wir kommen auf die Welt und wissen nicht, dass wir es wissen." Er reichte ganz förmlich die Hand. Goster lachte. Sie vermieden beide das von der Situation vorgegebene Fragengespräch. Wieso sie wieder hier sei, nach all dem allem. Wieder hier im SOSO. Wieder im Schmerz.

Sie trug blaue Jeans, weiße Turnschuhe und ein weißes T–Shirt ohne Aufdruck, sprach klug und hatte Augen mit kleinen Pupillen.

„Hält man das SOSO mit Mittelchen aus?"

„Eine Tablette Subutex und die Seele hat einen Notausgang."

„Woher bekommen Sie das Zeug?"

„Geht aufs Haus."

Der Kopf nickte zur Blume.

Ihre Bluse war kurzärmlig und Goster bemerkte eine kleine Tätowierung direkt über dem rechten Ellbogen.

Blume zog sich zurück, stellte die Musik lauter.

„Was bedeutet das Zeichen auf Ihrem Arm?"

„Nichts."

„Wir haben keine Spur", sagte er, „so wie dieses Zeichen, ich sehe es, und ich weiß, es bleibt ein Leben lang, ich weiß aber nicht, was es bedeutet."

Das Kristall lächelte.

„Warum schauen Sie mir nie in die Augen, wenn Sie mit mir reden, Herr Kommissar?"

„Ich weiß nicht."

„Laden Sie mich ein. Vor Ihnen hat er Respekt."

„Ein Mineralwasser für die Dame."

Er griff über den Tresen nach einer Flasche. Sie lachte.

Goster ging nach Hause und schlief tief. Dieses Kristall hatte kleine Hände, war vielleicht nur 1,65 groß und musste große Schritte manchen, um dem Unglück davon zu laufen.

Am Morgen hatte er sich mit Kristall zum Frühstück verabredet. Das FrühstücksLokal hieß Leiberle, wurde von einem Schwaben betrieben, der die Marmelade selbst herstellte.

Sie tranken Kaffee, aßen zwei Butterhörnchen, Goster strich sich auf die AbbissStelle dick

Marmelade. Kristall fragte und rückte mit dem blaugestrichenen Stuhl näher an den Tisch: „Goster, warum weiß ich, dass es hier richtiger ist als anderswo?"

„Richtiger?" Er lachte über das Wort und nuschelte beim Schlucken.

„Marmelade ist wunderbar."

So frühstückten beide. Das Lokal füllte sich.

„Wollen wir durch die Stadt gehen?"

„Ja."

Zwei schlenderten durch die Stadt. Kristall tänzelnd fast. Sprach manchmal nur für sich. Goster sah ihre Augen, sie zwinkerte fast nie, nie rhythmisch, manchmal langsam wie vor dem Einschlafen, dann aber wieder starr wie eine Taucherin.

„Schlendern in der Stadt, langsam sein, Schaufenster sein und die hübschen Puppen blicken zurück."

Das Kristall schritt, als ob es mit den Füßen singen würde, und fiel auch Passanten auf, als eine, die glücklich ist, gleich aus welchem Grund. Was hatte sie vor?

Goster kaufte für das Kristall eine weiße Bluse, aus dem AugenBlick heraus, ohne darüber nachzudenken. Sie probierte im Laden, war halb nackt und die Bedienung lächelte.

„Wenn Sie ihr eine Hose kaufen, erlasse ich 50%.“

Die Verkäuferin, vielleicht 30, dünn wie eine Jugendliche, sagte es ohne Anzüglichkeit, als Kompliment, und das Kristall aus dem Innern antwortete mit einem Lachen.

Schönheit infiziert.

Goster fühlte sich wie eingeladen zu einem schönen Tag. Er fragte: „Sie wissen, dass ich das nur tue, weil ich glaube, dass Sie noch etwas wissen?“

„Natürlich.“

„Und ich denke, Sie sind jemand, der für Freundlichkeit antwortet.“

„Und für Ehrlichkeit.“

„Ich sage Ihnen, ich nutze Sie nur aus.“

„Der schönste Satz, es nur zu hören. Dafür lohnt sich alles.“

Die Parkbank hatte im Rücken eine graue SteinSiedlung. Sie blickten auf eine WerbeTafelei aus Licht und Glas, die den neuen BMW 3er zeigte.

Das Kristall sagte: „3er BMW und ich haben Lust auf einen Apfel."

„Ja."

„3er BMW. Gebraucht könnte ich einen alten kaufen."

„Ja."

„Aber warum?"

„Gutes Auto."

„Neu ist es ein gutes Auto. Gebraucht ist es nur ein gebrauchtes. Nur ein neuer 3er sollte eigentlich BMW 3er heißen, die gebrauchten alle nur Gebrauchte. Ich fahre einen Gebrauchten. Punkt. Kein Hersteller. Kein Modell. Ich fahre einen Gebrauchten."

Goster lachte.

„So wie wir, wenn wir gebraucht sind, verlieren wir den Namen."

„Ich werde nicht nach dem Grund fragen, warum Sie wieder im SOSO arbeiten", antwortete Goster und das Lachen zerrann auf seinem Gesicht.

„Deshalb bin ich ja noch hier, ich warte, ob Sie fragen, und wenn Sie fragen, dann sage ich nichts."

„Ich werde NICHT FRAGEN."

„Ja."

Sie kauften sich in einer Bäckerei ein Franzosenbrot. Und beim Türken Tomaten und weißen Käse und kehrten zur Parkbank zurück, brachen Stücke von Brot und Käse, schraubten eine Mineralflasche auf und tranken beide aus der Flasche.

„Glauben Sie, ich weiß es?"

„Das ist nicht die Frage."

„Was dann?"

„Wenn Sie es nicht wissen, weiß es niemand."

„Ich bin so bedeutend."

„Der Zufall hat so oft den Idioten zum König gemacht."

„Danke."

„So meine ich das nicht."

Goster trank.

„Wie dann?"

„Ich mag Menschen, die Franzosenbrot mögen, weißen Käse und gutes Wasser."

„Ja."

Am Abend seines ersten UrlaubsTages beugte sich Goster herab und sie küsste ihm beide Wangen, dann auf den Mund, ein flüchtiger, ein ehrlich süßer Kuss und strich sich die Strähne aus der Stirn, wie nach einem langen Tanz.

„In einem guten Abschied ist manchmal alles enthalten."

„Ja", antwortete er.

„Ich meine, ich werde aus der Stadt weggehen."

„Dürfen Sie das, weiß die Staatsanwaltschaft..."

„Freier, Farbe, Leinwand und Staatsanwaltschaften gibt es überall."

„Warum haben Sie mich geküsst?"

„Weil Sie ein guter Mensch sind, aber ein schlechter Polizist."

„Ja?"

„Gestern dachte ich darüber nach, wie ich male. Manchmal ist eine zweite Malerin im Atelier unsichtbar anwesend und das Bild will nur von der Unsichtbaren gemalt. Oder das Bild malt sich selbst, weil es in die Welt will."

„Ja?"

„So arbeiten Sie auch, Herr Goster."

„Ja?"

„Sie ermitteln nicht die Fälle, sondern warten, was entsteht. Was auf Sie zukommt. Hab ich Recht?"

„Vielleicht."

„Und der Zufall wirft Ihnen alles vor die Füße. Nur manchmal übersehen Sie das geschenkte Detail."

Und Goster schluckte, blickte in die Luft, dachte nach, was er überhört, übersehen, nicht überdacht hatte in diesem Fall. In Sekunden-Schnelle schossen die Bilder wieder in seine Vorstellung, wie Schleusen sich füllen, wenn die SchleusenTore nach außen geschlossen sind. Der Fluss der Gedanken staute sich auf.

Ihre Lippen bewegten sich kaum, sie sprach in einer tieferen Stimme als sonst: „Ich habe den Koffer im SOSO gestohlen, ja, aber bin ja nicht so dumm zu glauben, der Besitzer der Bar, Blume, hätte das nicht alles mitbekommen. Wären Sie ein besserer Polizist, Sie hätten bemerkt, die SchnapsFlaschen in seinem TresenRegal sind wie die Soldaten exakt ausgerichtet. Keine Flasche geht aus dem Glied. Blume rückt jeden Morgen Tische und Stühle, bis sie wie ein Foto der Anordnung von gestern entsprechen, und das Gestern seinem Gestern und so weiter. Er ist konsequent wie ein Abhängiger. In seiner Ordnung sind Frauen keine Gäste. Auch bei betuchten Gästen in Begleitung von Damen, die ein Abenteuer suchen, hab ich ihn sagen hören: ‚Frauen sind als Gäste nicht erwünscht.' Seine Vorstellung ist Ordnung. Er kontrolliert alles."

„Das heißt", sagte Goster, „er hätte einen vergessenen Koffer, weil es seine Ordnung stört, als erster bemerkt."

„Aber ja."

„Ja?"

„Blume tat so, als würde er nichts bemerken, nicht zusehen, was ich tue."

Mit diesem Satz erhob sie sich von der Parkbank und ließ Goster allein. Er sah das Kristall in den Schwarm der Passanten eintauchen, mit ihm vereint, war sie nach wenigen Schritten unsichtbar geworden.

Ein Bettler beugte sich hinab, über einen Papierkorb, und zog eine Flasche heraus.

Ein Sänger mit einer Gitarre saß mitten auf dem Trottoir und sang „Lass uns auf die Reise gehen, fremdes Land zu suchen."

Goster schlenderte noch ein paar Schritte durch den Park.

Ein Mann mit TrommelStöcken spielte Schlagzeug mit einem LaternenPfahl. So zehn

Leute standen um ihn herum. Der Pfahl war aus Metall. Die Rhythmen klangen hohl und die Töne verwirbelten sich mit der Luft, dem Himmel, dem Verkehr, der nahen Straße. Es wurde immer lauter, dieses Herz der Stadt.

40

Goster saß lange an diesem Tag auf der Treppe, bis endlich Ayse erschien in einer blauen dunklen Bluse. Darüber trug sie einen grauen Schurz, hatte die Haare geknotet, zog ein Kopftuch heraus, legte es kunstvoll um das Haar, Knoten von Tuch und Haar zu verbinden. Eine schöne lachende Frau, glücklich im Leben, und sie setzte sich, zog aus der Tasche eine Packung Zigaretten hervor und einen kleinen verschließbaren Aschenbecher aus Blech mit einem karminroten Deckel. Diesen schraubte sie auf, zündete die Zigarette an und rauchte und wartete und blickte durch das Fenster hinaus und blies den Rauch zu Kreisen.

Goster sagte, nachdem die halbe Zigarette aufgeraucht war: „Es ist nicht immer alles klar, was ich sehe, es ist manchmal wie hinter dem Rauch."

„Das heißt?"

„Es gibt Tage, da hab ich das Gefühl, in meiner Wohnung wohnt ein anderer. Hab eine Malerin kennen gelernt, sie hat das Gefühl, ihre Bilder malt eine andere."

Ayse drückte die Zigarette aus, sagte nichts, sagte immer noch nichts, dachte an nichts, wartete, und sagte nichts und erhob sich.

„Ich werde den Leuten in Ihrer Wohnung sagen, sie sollen verschwinden."

Dann ging sie zur Arbeit.

Goster saß allein und war so froh um diesen AugenBlick allein. Der Umstand, dass auch dieses Kristall ihn veränderte, ärgerte ihn, beinah.

Drinnen ging der Staubsauger an.

Goster summte.

„In anderer Landschaft. Lass uns auf die Reise gehen. Wo das Lieben nicht müde macht."

41

Abends beschloss Goster, wieder ins SOSO zu gehen, nicht allein, mit H., und verabredete sich vor dem Lokal. Zuvor hatte er Kollegen aus Spezialreferaten auf Zugriff instruiert.

Auf dem kurzen Weg ins SOSO dachte er sich für den Besitzer Blume Namen aus, ein Spiel, um sich in Stimmung zu bringen.

„Hobbyteufel...Blähhaupt...“

Blume blickte wie immer mürrisch Goster entgegen, als am Abend der Kommissar mit H. am Tresen Platz nahm, sie zu einem Mineral einladend.

„Wir werden jetzt öfters kommen müssen.“

„Müssen Sie das, Herr Kommissar Göser?“

„Goster.“

„Wir werden hier sitzen müssen und warten“, sagte H..

„Da freue ich mich.“

„Und Sie werden keine Gäste haben.“

„Das ist nicht schade, denn ich bin gern allein.“

Goster lachte nicht, sagte: „Das glaub ich Ihnen.“

Als Blume kurz in den HinterRaum verschwand, sprang Goster vom Stuhl, sprang mit drei leisen Schritten hinter den Tresen und drehte das Etikett der 7 Monkey Ginflasche um 3 Stunden wie einen Uhrzeiger nach rechts. Dann setzte er sich wieder und bat H. um Alltagsgespräche.

H. erzählte, von den Fortschritten, der großen Wohnung, die sie bezogen. H. sagte: „Eine große Wohnung aufbauen, wir haben von einer Genossenschaft gemietet, sind unkündbar, hoffentlich, es sei denn, die Genossenschaft wird privatisiert, filetiert das Haus, Räumungsklage. Sonst müssen wir kaufen, das geht nur ohne Kinder, wobei wir nur für die Kinder kaufen würden. Dieser Staat zwingt uns, den Abhang hinauf zu steigen, den wir hinunterfallen.“

Blume kehrte zurück. Als sei er ein menschliches Messgerät, konstruiert, Veränderungen und UnOrdnung zu messen, bemerkte Blumes Blick sofort die Veränderung im Regal und drehte das Etikett der sieben Affen um drei Stunden wieder auf 12 Uhr zurück. Der Spalt war wieder geschlossen.

„Machen Sie das nicht wieder, Herr Kommissar, zerstören meine schöne Ordnung.“

„Ich wollte nur herausfinden, ob ich einem Mann gegenüber sitze, dem ein abgestellter Koffer nicht auffallen würde. Nicht offenkundig sein würde."

Blume schluckte trocken, erkannte jetzt erst den Zweck der List und fragte mit lächelndem Blick und fast devot: „Wieso, glauben Sie das?"

Blume war der Mensch, der in solchen Situationen, in denen er die Kontrolle verliert, den Verlust mit falscher Großzügigkeit auszugleichen versucht.

Er goss in drei kurze Gläser süßen Likör.

Goster sagte: „Meine List war so klug, haben Sie nichts Besseres als Dank als diesen Likör? Ich schwör, ich mag keinen Likör."

Wieder war Blume verletzt.

Er drehte sich, griff wieder ins Regal und bot einen Whiskey feil.

„90 fassbraune schöne Jahre."

„Für jemand", sagte Goster, „dem das Geschäft egal ist, dem es egal ist, wenn wenig los ist... ein teurer Stoff..."

Hinten am Rundtisch steckten drei Asiatinnen die Köpfe ängstlich zusammen, die angespannte Lage am Tresen war überall zu fühlen.

Alles konnte geschehen. Blume lief rot an im Gesicht. Er ballte die Hände zur Faust, musste sich beherrschen und öffnete die Faust wieder.

„Meine Gäste sind großzügig..."

„Gäste", wiederholte H., „Freier heißt es besser, oder?"

„Gäste."

„Ja."

Goster trank, ohne auf das Zuprosten zu achten.

„Teure Whiskeymarken. Dieser miese Laden verdient so etwas nicht. Eine gute Bar hat Stil und das haben Sie auch nicht. Das fängt bei der Musik an. Und dann bei dem Mann hinterm Tresen. Und wieder erkannte Blume, dass Goster ihn reingelegt hatte.

„Welche Einnahmequelle haben Sie noch, außer keine Gäste zu haben?"

„Prost", sagte H..

Goster, H. und Blume nippten gleichzeitig vom Glas ohne ProstGruß, ohne Lachen, nur kalte AugenBlicke.

Blume versuchte, so wie Eltern Kinder mit Blicken kontrollieren, Goster und H. anzustarren, strafend und ungeduldig.

Goster und H. blickten in gleicher Weise zurück, nur selbstbewusster und mit dem Ausdruck der Verachtung.

Im Prinzip hatte Goster sich selbst in den Psychopathen verwandelt, der Blume in seinen Augen war, und tat nichts anderes als Blume zu demütigen, wie ein Spiegel der Gefühle.

H. lächelte.

„Warum lächeln Sie?" fragte Blume scharf.

„Mir gefallen Ihre Haare."

Und Blume reagierte mit Zorn. „Wenn Sie beide nur privat hier sind, Frauen sind unerwünscht."

Der Satz brach aus Blume heraus wie ein Korken nach der Gärung.

„Keine Frauen?"

„Ja."

„Keine Frauen als Gäste."

„Ja. Raus. Es ist mein Prinzip. Keine Frauen als Gäste."

„Ja, das dachten wir", sagte H. und wählte gelassen, wie von Goster vorgegeben, eine Nummer in das Handy.

Die Türe des SOSO sprang auf. Zollbeamte traten ein, begannen das SOSO zu durchsuchen, reichten Blume Blähhaupt, so stellte Goster Blume der Leiterin der Zollbehörde mit Zweitnamen vor, den Durchsuchungsbefehl.

„Herr Blähhaupt, treten Sie zur Seite."

Die Ermittler hoben die Bartüre aus und trugen Rechner und Schubladen kartonweise hinaus, selbst den Papierkorb.

„Wenn Frauen nicht erwünscht sind, sind alle Frauen im Lokal – Goster deutete auf die drei eingeduckten Frauen am Rundtisch – nicht Gäste, sondern Ihre Angestellten, die anschaffen, für die Sie Lohnsteuer und Sozialabgaben abführen müssten. Haben Sie das? Die Ausrede, diese und andere Frauen seien nur zufällige Gäste im Lokal, ist jetzt verbraucht. Sie haben es ausdrücklich ausgeschlossen. Das ist Zuhälterei."

H. sagte: „Teuer das Ungeheuer eines Wortes. Wie kann man so blöde sein, der Polizei zu sagen, alle Frauen seien unerwünscht, und drei sitzen und warten auf Freier. Sie dachten, wir würden es Ihnen nie beweisen, Herr Blume."

Blume stand hinter seinem Tresen und starrte auf den Tresen. Er wischte mit einem roten Putzlappen über das TresenHolz, stumm und in sich eingesunken. Er wirkte kleiner jetzt, wie alle, die ihre wahre Größe erkennen. Jetzt verstand auch er den Grund dieser Inszenierung. Dieser Goster wollte nur, dass er seine Nerven verlor und Blöße zeigte.

„Sie haben mich reingelegt."

„Ja", antworte H., „die Haare sind nicht schön."

„Dann muss ich wohl schließen", sagte Blume, ohne Kraft in der Stimme.

Und Goster nickte und rief in die Runde der suchenden Beamten: „Ich will, dass jede Tablette mir sofort vorgelegt wird. Er gibt SubutexTabletten an die Huren ab, damit sie es aushalten, also handelt er damit."

Und zu Blume flüsterte Goster: „Wir haben eine Aussage, dass sie Subutex abgeben, aber ohne die Tabletten zu finden glaubt niemand der Zeugin."

„Hab sie", eine junge Beamtin winkte mit einer großen Schachtel.

Blume begriff den AugenBlick, dass ihn, wie es heißt, alle guten Geister, verlassen hatten.

Und H. sagte: „Sie dürfen mit einer Frau aufs Revier."

Blume, der sich seine Pest verdienen wollte, blickte zur Übung wieder Goster in die Augen.

Dieser erwiderte den Blick, als probten beide zum letzten Mal ein Duell der Blicke.

„Duelle sind die Hölle", sagte Goster, „von dieser Welt bleibt nichts übrig, aber wenn Politiker Duelle inszenieren, steigt das Interesse."

„Interessiert mich einen Scheiß."

„Ich würde mich gern mit Ihnen duellieren, aber Sie sind waffenlos."

„Goster, irgendwann spazieren Sie abends und einer kommt Ihnen entgegen, nicht ich, der schlägt Ihnen ins Gesicht und geht weiter, und Sie liegen da und weinen."

„Ja, das ist wahr", antwortete H. und dachte an die Möglichkeit, dass so etwas tatsächlich geschehen könnte, „ich notiere diese Drohung und lasse die Staatsanwaltschaft entscheiden. Ein Jahr zusätzlich wird angeklagt."

„Dann sage ich nichts mehr."

„Sie haben nichts zu sagen."

„Darf ich ein Telefonat führen?"

„Nein", sagte Goster.

Blume wurde sein Handy abgenommen, das er schon in Händen hielt.

„Das ist widerrechtlich."

„Deshalb mach ich es ja", sagte Goster.

42

Goster stützte den Ellenbogen auf den Tisch. Das Kinn in die Hand.

Goster hatte darauf bestanden, dass die Vernehmung in seinem kleinen Büro stattfand.

„Diese zwei halbtrockenen Topfpflanzen am Fenster sind wie ein Symbol der Abreise."

„Goster, seien Sie bitte still." Blume schüttelte den Kopf.

„Die Blumen lassen auch den Kopf hängen, Herr Blume. Zuviel Sonne. Oder zu wenig. Da nützt die schönste Vase nichts."

Goster nickte in Richtung der Pflanzen und Blume verdrehte die Augen. H. stand hinter ihm und lächelte amüsiert.

An der Wand seitlich von Blume hingen nun die beiden Fotografien Herbots, von zertretenen Uhren nach einem Popfestival.

Wie Goster vermutet hatte, wollten die Eltern Herbots diese ZeitFotografien mit dem SperrMüll wegschmeißen, hatten aber gleichzeitig die Artikelserie über den toten Sohn in drei großen Zeitungen platziert, das Leben der Familie nach dem Tode des Kindes.

„Hab ich nicht mal abkaufen müssen", sagte Goster und deutete auf die Bilder, „gemacht von dem Freund der Vietnamesin, die bei Ihnen arbeitet. Thuy Tien Nekar. Miche Herbot."

„Kenn ich nicht."

„Super anständig", H. lachte, „von Ihnen nicht gekannt zu sein, ist anständig."

„Thuy Tien Nekar hat den Koffer gefunden."

„Ja?"

„In Ihrem ScheißLaden."

„Ja?"

„Und Sie haben den Koffer nicht bemerkt?"

„Auf keinen Fall."

„Und wenn ich Ihnen sage, das glaube ich nicht?"

„Die glauben, verlieren am Ende, nicht nur das Leben, sondern auch den Glauben."

„Ja." Goster lachte.

Blume wurde verhaftet. Man würde ihn innerhalb von 48 Stunden wieder freilassen. Für einen Haftbefehl reichten die Beweise nicht. Blume war unbescholten. Ohne Vorstrafen.

Diese Zeit von 48 Stunden waren aber die Zeit, dachte Goster, in der sich alles lösen könnte, so wie der Schleim am Ende des Hustens.

Er ließ Blume ein Telefonat mit einem Vertrauten seiner Wahl führen, was dieser mit dem Rücken zu Goster mit dem Bürotelefon vom Schreibtisch tat.

Danach fragte Blume: „Was jetzt?"

Blume wurde vorläufig weggesperrt. Die Steuer prüfte die Bücher.

Goster bat eine junge Steuerbeamtin, KreditkartenAbrechnungen auf den Namen Wächter abzugleichen.

Dann nannte er auch den Namen Börner, der Name war ihm eingefallen, auf eine Art, wie Spinnen Netze bauen. Name an Name. Faden an Faden.

Die Untersuchungen zogen sich über Stunden.

Die drei Thailänderinnen vom Rundtisch im Lokal hatten PassFotografien des Schweizers und des Hamburger Kaufmanns Börner im Polizeigebäude zu identifizieren. Anfänglich weigerten sie sich, hinzusehen, und erst als Goster drohte, er würde die Ausländerbehörde einschalten, als er einen besseren Übersetzer kommen ließ, der Einfluss nahm, deutete eine der Frauen auf beide Fotos und stotterte in reinem Deutsch, dass beide zusammen hier gewesen wären. Der – es war der Kaufmann – habe den – es war der Schweizer – mitgebracht und „es war ein Abend", sagte sie, „der das Licht nicht kennt." So drückte sie sich aus. „Sie haben sich eine Frau geteilt."

„Welche?"

Goster rieb sich jetzt die Hände, als er den Namen hörte. Es war das Kristall.

`

43

Draußen flog ein Vogelschwarm vor dem Fester. Wolken schonten die Sonne. Der Nachmittag war dunkel und es begann ein leichter grauer Regen. Am Abend verhörte er, in Begleitung von H., Blume ein zweites Mal an diesem Tag.

Zuvor rief er Napoleon an und fragte nach dem Stand der Ermittlung.

„Ja, Wächter hatte Subutex im Blut."

„Und die Hotelbilder der ÜberwachungsKamera?"

„Wächter mit zwei Koffern beim Empfang, einer aus Metall. Wissen Sie doch."

Goster bat Napoleon, eine Vergrößerung des KofferBildes Kristall vorzulegen, was er sofort in Auftrag gab. Kristall rief zurück, es dauerte keine fünf Minuten, ja, so ein Koffer war es.

Goster bedankte sich bei Napoleon in einem zweiten Anruf für die gute Arbeit, erfuhr in diesem Gespräch, dass die Fruh AG in Zug, der Arbeitgeber von Wächter, wieder steigende Kurse verzeichnete.

„Offenbar ist eine Rekonstruktion der ForschungsArbeiten gelungen."

„Wie kommen Sie darauf?"

„Scheiße geht nie ganz drauf."

Dann legte er auf.

Ein Beamter reichte Goster eine Mappe mit Fotos auf den Schreibtisch. Die ÜberwachungsKamera aus Hamburg hatte Kristall und Miche Herbot mit eben diesem Koffer im Bahnhof fotografiert.

44

Das Verhör

Blume war in den Zellen im Keller für 5 Stunden eingesperrt. Beamte brachten ihn zu Goster, in Handschellen. Blume hatte sich die Haare nass zurück gekämmt, das Toupet wirkte so natürlicher. Die Demütigung der Festnahme war in Verwirrung umgeschlagen. Vielleicht auch in Abhängigkeit von Drogen, deren Nachschub ausblieb, verlor er zunehmend an Souveränität.

Sein Anzug mit dem blauen Hemd war zerknittert. Auf BrustHöhe ein feuchter Fleck, als sei Spucke getrocknet. Die Augen zwinkerten. Der Blick unruhig und irgendwie klein. Goster bat die Begleitbeamten, Blume die Handschellen abzunehmen, dann die Fußfesseln. Er hatte die Vorführung des Beschuldigten Blume in dieser Weise angeordnet.

Goster sagte zu H.: „Diesem Fessler und Knebler wird es nur schlecht, wenn er sich selber fühlen muss."

Goster rückte das Stühlchen vor den Schreibtisch, Blume setzte sich und verschränkte die Arme vor der Brust, auch um den Fleck zu bedecken.

„Anwalt?"

„Seit dem letzten weiß ich nicht wozu." Sein Blick fiel strafend auf H..

„Nehmen Sie eigentlich selbst dieses Subutex?"

„Geht Sie nichts an."

„Dass man darauf kotzt, die ersten Male, das wissen Sie."

„Weiß ich."

„Spritzen Sie oder über die Schleimheute?"

„Geht Sie nichts an."

„Nichts ist groß."

Blume lächelte gequält.

„Schlafstörungen, schreiende Gesichter, sehen Kotze, sehen Angst?"

Blume schwieg, sah aus dem Fenster, spitzte den Mund, als ob er pfeifen wollte, legte die rechte Hand auf den Schreibtisch, nahm einen Bleistift aus Gosters Ablage und spielte damit, Spitze auf Haut. In den Handrücken der anderen Hand drückte er Muster.

„Und die besten Lügen sind nun mal knapp an der Wahrheit", eröffnete Goster das weitere Gespräch.

„Und was ist die Wahrheit?"

„Ein Spiel."

„Ach..."

„Ich kann den Fall lösen, aber nicht beweisen."

„Warum bin ich dann hier?"

„Die Stadt will, dass es aufhört."

„Sie sind verrückt, Goster."

Goster erhob sich aus dem Stuhl. Blume, krummrückig, punktete ein Herz auf seine Hand. H. lehnte gegen die Wand, seitlich, und sah auf Blume hinab. Die zwei Fotografien der zertretenen Uhren, der zertretenen Zeit, wirkten wie ein Bühnenbild zum Ganzen.

Goster schaute auf das Bild, dann auf Blume und glaubte, diese Uhren auf dem Foto plötzlich real ticken zu hören. Er blickte seitlich auf die Stadt, trat nah ans Fester.

„Diese Stadt ist wie eine Uhr, die Häuser sind die Stunden auf dem Zifferblatt, und wir sind die Zeiger, die die Zeit messen, weil wir zwischen diesen Häusern wechseln."

Goster, das Ticken im Ohr, schritt wieder auf Blume zu, bückte sich hinab, Auge um Auge. Atem in Atem.

„Was wollen Sie eigentlich von mir?" sagte Blume, der die Nähe nicht aushielt, den Bleistift in den Mund nahm und wie ein Kind darauf herumkaute.

„Aufhören."

„Was?"

„Zu töten."

„Der ist total verrückt."

Blume warf seinen Kopf hilfesuchend nach rechts zu H. und deutete auf Goster mit dem Bleistift. Sein rechter Fuß zuckte.

„Das ist meiner." Goster pflückte den Bleistift aus Blumes Hand und warf ihn in den Papierkorb.

„Der Schweizer war Ihr Kunde? Wächter..."

„Nie gehört."

Goster legte die Quittungen der KreditZahlungen wie SpielKarten auf den Tisch.

Blume besah sie lange und still und zuckte die Schultern:

„Und was soll mit dem sein?"

„Tot."

„Nicht meine Schuld."

„Wächters Firma ging in Flammen auf, Daten gestohlen."

„Die Welt ist schlecht."

„Den Schweizer haben Sie getötet, um an die Daten und Proben der Erfindung zu kommen."

„Welche?"

„SprengstoffErfindung einer ChemieFabrik."

„Bin kein Chemiker."

„War Börner einer?"

„Wer ist das?"

„Wächter wurde von Börner ins SOSO eingeführt."

„Ja?"

Goster legte wieder KreditkartenAbrechnungen auf den Tisch.

„Börner ist seit 6 Monaten ihr Kunde. Immer wieder 900. Ich denke, so viel kostet eine Hure für eine Nacht. Medioker."

Blume schüttelte den Kopf.

„Vier Tage vor Wächters Tod waren Börner und Wächter Gäste im SOSO, denn beide zahlten um die gleiche Zeit mit Kreditkarte. Einer die Getränke, einer die Frau.

„Passiert im Dutzend den Monat, dass Kunden mit ihren Kunden kommen und sich Frauen teilen."

„Ja?“

„Ja.“

„Die Frau für das Vergnügen war das Kristall.“

„Wer?“

„Frau Nekar.“ H. legte ein Bild auf den Tisch.

„Ja, sie ist hübsch.“

„Zum wievielten Male machen Sie das?“

„Was?“

„Mit Kotze töten!“

Goster schrie Blume an und seine Faust schlug auf den Schreibtisch. Von der federnden SchreibtischPlatte sprang ein KugelSchreiber auf und rollte langsam vom Tisch.

„Verrückt.“

Blume schüttelte den Kopf, blickte gegen die Bilder an der Wand.

„Zum Kotzen bringen. Zum Reden bringen. Den Gast ausrauben. Kotze als Waffe. In dieser Welt wird alles zur Waffe. Wie oft?“

„Haben Sie zu wenig Fälle?“

Blume spreizte die Beine, sah zwischen den Beinen hinab auf die Erde, hob den Kuli auf und klippte damit.

„Der Tresen ist das Ohr der Welt, Sie erfahren von den Gästen alles, den Rest holen Sie sich. Fesseln die Opfer. Stecken den Knebel in den Mund. Und wenn diese glauben zu ersticken, sagen die alles. KreditkartenNummern. KontoNummern, SafeNummer, KofferNummern..."

„Soso."

„Es roch nach Reinigungsmittel, als ich zum ersten Mal das SOSO betrat. Sie haben Wächters Kotze aufgewischt."

H., die seitlich stand, ergänzte: „Der einzige, der weiß, dass Wächter diese ErfindungsProben und Daten der Fruh AG in Besitz hat, ist Börner, über oder an den er es verkaufen will. Börner ist Spezialist im Verkauf für KriegsWaffen. Wird Wächter tot aufgefunden, dann weiß Börner, wer die Informationen und Proben anbietet, ist der Mörder von Wächter. Also muss Börner auch sterben."

„Börner?"

Blume lachte sehr leise und unnatürlich lang. Sein Gesicht starrte in die Luft: „Ich kenne einen Taxifahrer, der heißt Wörner..."

„Auf den Stuhl gebunden und in der Eigenkotze ersticken lassen, Safe- und Koffer-Nummer heraus gepresst. Wächter und Börner, beide sterben auf dieselbe Weise in ihrer eigenen Kotze. Und wem haben Sie das Zeug aus dem Koffer angeboten? Wo sind die Daten der Erfindung, die Pläne? Wo sind die Proben der Erfindung? Sie haben noch welche, denn Sie haben den Koffer mit den Zahlen geöffnet."

„Aber ich kenn dieses Zeug nicht!"

„Hab lange nicht verstanden, warum dieses Kristall den Koffer stehlen sollte."

„Ach. Sie hatte ihn."

„Ein Koffer mit TelefonNummer und AdressSchild. Sie werden mit dieser Nummer angerufen, auf ein Telefon, das sie anschließend wegwerfen. Das Kristall wird mit dem Koffer in Börners Haus gelockt, Börner ist bereits tot, der Safe leer und der Verdacht fällt auf diese Frau."

„Wer hat das Kristall gesehen?"

„Die ÜberwachungsKameras. Die Augen der Stadt. Der Bahnhof. Die Eingangstür von Börners Haus. Das Nachbargrundstück. Gut geplant."

„Und bin ich auch auf den Bildern der Kameras?"

„Sie haben diese umgangen. Das einzige Problem war, Miche erschien und nicht dieses Kristall mit dem Koffer."

„Wissen Sie oder spekulieren Sie, Herr Kommissar?"

„Gibt es einen Unterschied?" Goster lächelte milde.

„Kristall war die Nacht mit Börner und Wächter zusammen, ihr alles in die Schuhe schieben, kein Verdacht fällt auf Sie."

„Welcher Verdacht?"

„Wächters Koffer und Börners Safe mit Kotze geöffnet. Da Sie erfahren hatten, was im Koffer ist, beschlossen Sie, den Inhalt selbst zu verkaufen und den Kaufpreis in Börners Safe mit einzustecken. Leider ist dieser Koffer explodiert und vier Menschen sind tot."

„ Wie kann kann er explodieren, wenn ich die Sachen herausgenommen habe?"

„Einen kleinen Rest zurück gelassen. Denn eine Unsicherheit gab es. Kristall öffnet vielleicht vorab den Koffer. Explodiert er dabei, ist aller Verdacht auf eine Tote gelenkt."

„Sie vergessen eins, Herr Kommissar."

Blume tippte sich mit dem Zeigefinger gegen die Stirn und lächelte, dann tippte er auf eine der KreditkartenAbrechnungen.

„Drei Männer waren es", seine Stimme lachte, wurde selbstbewusst und rau, „drei waren mit Kristall in dieser Nacht. Nicht einmal das haben Sie rausgefunden, Herr Kommissar. Drei, nicht zwei. Drei Männer!" Blume tippte auf eine der Quittungen. „2700 steht hier. Die Nacht pro Freier 900. 3 mal 9 macht 27. Herr Kommissar", Blume spuckte vor Aufregung, „Sie sind ein Idiot."

Jetzt war Goster schweigend still der Stein des Staunens. Er trat ans Fenster, als befragte er die Stadt. Seine Lippen bewegten sich stumm. Eine geknickte Fahne Rauch stieg aus einem hohen gemauerten Schornstein. Der Rauch stieg dünn auf und wurde durchsichtig wie Glas und, ganz blau geworden, in den Himmel eingesogen.

„Dieser Dritte fegt alles vom Tisch," sagte Goster zu sich.

Goster rief sofort über ein Handy das Kristall an, sie bestätigte den Dreier und bat, in Ruhe gelassen zu werden. Sie schrie: „Details, wollen Sie Details? Ich weiß den Namen des Kerls nicht."

„Warum haben Sie das nicht gleich erzählt?" Goster schrie in sein Handy.

„Er kam später hinzu." Das Kristall legte auf.

„Wer war der Dritte?" H. trat auf Blume zu und setzte sich ihm gegenüber.

„Aus dem Ministerium. Er heißt Kuhfuß."

Goster kratzte sich am Haaransatz mit dem Mittelfinger immer dieselbe Stelle.

„Weiter, Herr Blume." H.s Stimme war leise und auch verunsichert.

Blume schlug auf den Tisch und lehnte sich dann weit zurück. Schnellte wieder nach vorn und schlug ein zweites Mal auf den Tisch.

„Dieser Kuhfuß weiß doch alles! Ich hätte ihn doch auch umbringen müssen nach Ihrer Theorie, alle Mitwisser zu töten, Frau IdiotenKommissar."

Goster blickte wieder aus dem Fenster über die Stadt, in den Regen, in den Hof, auf die Lichter der Polizeiwagen unten im Hof.

„Oder Sie arbeiten mit Kuhfuß zusammen."

Das Telefon klingelte. Goster ließ es klingeln, ohne abzunehmen.

„Nie daran gedacht, dass eine schöne Hure, die Freier zum Kotzen findet, auf diese Art

sich revanchiert? Bis die Freier die Seele aus-
kotzen, so wie sie selbst ihre Seele ausgekotzt
hat. SchlaubergerKommissar. Eine Hure zahlt
zurück, was sie erlitten hat, für die Seele be-
zahlt das Leben. Wo ist das Problem?"

Blume schloss die Augen, er hatte diesen Verdacht betont langsam ausgesprochen, von der
Intuition geführt, dass jeder neue Zweifel die
alten Zweifel mit Zweifel mästet.

„Sie tötet mit Freierkotze ihre Freier und raubt
sie aus."

Goster erinnerte sich der gemalten Bilder an
der Flurwand in Kristalls Wohnung. ‚Ich kotze' hieß eines. Er sah es vor sich. Das Telefon
klingelte wieder. Endlich nahm Goster ab.

Die Stimme am Telefon befahl Goster, augen-
blicklich die Ermittlung einzustellen und diesen Blume freizulassen. „Ohne Widerrede. Es
ist eine Anordnung. Sie handeln widerrechtlich."

„Woher wissen Sie, Herr Targ, dass Blume bei
mir ist, Herr Targ?"

„Das geht Sie gar nichts an."

Targ war der Leitende Staatsanwalt und hatte
einen Anruf aus dem Ministerium erhalten.
Der Ton verriet, wie stark Targ selbst unter
Druck geraten war.

Goster sagte zu H., als er das Telefon auflegte: „Wir sind carreau geschossen."

Blume öffnete die Augen wieder und blickte gesucht amüsiert.

„Was ist?" fragte H..

„Kann ich gehen?"

Blumes Blick pendelte zwischen Goster und H. hin und her, dann begann er schallend zu lachen.

Goster gab ein Zeichen, so wie einem dressierten Hund, und Blume verstand die Geste, erhob sich und ging aufrecht und langsam und grußlos.

H. sagte: „Verdammt."

„Das ist wahr", so antworte Goster.

Bevor Blume die Türe hinter sich schloss, rief Goster noch hinterher:

„Ein Unschuldiger wäre hier nicht raus gekommen!"

Die Türklinke in der Hand, verharrte Blume und drehte sich langsam ins Zimmer zurück.

„Wie meinen Sie das?"

„Schuld ist etwas für Anfänger. Die Inszenierung hat die Wahrheit abgelöst", antwortete Goster.

„Das heißt... „

Mit dem Rücken zu Blume sah Goster zu dem Fenster, zu der Stadt, so wie StrafGefangene es tun, durch eine TrennScheibe, nah dem andern, aber nicht mehr in der Lage, mitzugehn. Das Ticken der zertretenen Uhren auf der Fotografie wurde lauter.

„Am Ende ist er einer von uns." H. sprach den Verdacht aus, ohne Betonung, wie eine Alltäglichkeit der Resignation.

„Wer sind Sie?" fragte Goster.

„Ich bin unschuldig," antwortete Blume.

„Das sind wir, möglicherweise, alle und immer, am Ende gibt es keine Schuld, also keine Opfer, keine Täter. Die Schuld ist zu groß. Ich möchte, Blume, dass Sie einmal den Schmerz fühlen, wie ich jetzt, zu begreifen, dass man es nie erfahren wird. Es nicht mehr denken kann. Es nicht mehr ansehen kann. Nicht mehr fühlen."

Blume trat aus dem Zimmer und schloss die Türe leise hinter sich. Das Gesicht blutleer.

Er war verletzt.

„Wir kennen den Täter nicht, nicht die Umstände, nicht einmal unsern Staat, für den wir arbeiten, und müssen uns eingestehen, jede Möglichkeit ist gleich wahr. Dieser Blume könnte auch für das Ministerium arbeiten. Alles tut weh", sagte H..

Goster schritt zum Schreibtisch, nahm das Telefon in die Hand, das Blume vor dem ersten Verhör benutzt hatte, einen Vertrauten oder Anwalt anzurufen.

Goster drückte die Wahlwiederholung, stellte es auf laut und hörte nach langem Klingeln eine Stimme den Namen Kuhfuss sagen. Goster legte auf.

H. wusste, Goster hatte auch diesen Augen-Blick inszeniert, hatte Blume das Handy im SOSO abgenommen und dieses Bürotelefon angeboten, um die angerufene Nummer illegal durch die Wahlwiederholung zu erfahren. Aber H. wusste auch, alle Listen des Odysseus waren in dieser Welt vergebens.

45

Goster wollte nur nach Hause. H. versuchte, ihn zum Essen einzuladen, aber er lehnte ab: „Ich geh Boule spielen."

Und er stand im Park unter der Ulme und der Alte war nicht da. Also versuchte er, carreau zu üben, legte eine Kugel als Zielkugel zum Schweinchen und der Wurf verfehlte auf 9 Meter immer.

Ein blonder Junge, hoch aufgeschossen und schlank, mit französischem Akzent, streckte Goster die Hand entgegen: „Dylan." Er sagte: „Sie machen das falsch", wies Goster an, den rechten Fuß leicht vorzustellen, die Füße mit gutem Stand, und die Kugel beim Verlassen der Hand mit RückSpin zu werfen, damit sie flach aufspringt und durch den Drall gerade fliegt.

Dylan führte es zweimal vor, carreau, die andere Kugel sprang davon, seine blieb liegen.

Dylan zeigte noch einmal die Technik, blickte zur Uhr, verabschiedete sich.

Goster probierte eine Stunde carreau, von 10 Versuchen traf er 2 mal.

„Nicht schlecht", sagte er der Ulme.

Langsam schritt er ins Büro zurück.

Er pfiff.

Napoleon, der von Gosters Scheitern gehört hatte, weil Blume als freier Mann das Haus verließ, fragte: „Geht's, Goster?"

„Ohne eigenen Drall lernst du nie fliegen."

Ohne noch jemanden zu grüßen schritt Goster ins Büro, griff sein Telefon und schaltete den Rechner ein, schrieb TelefonNummern aus Google auf, von Botschaften, die ihm für ein bestimmtes Anliegen wichtig erschienen.

Er rief am Folgetag abwechselnd bei der georgischen, bei der russischen Botschaft, bei der amerikanischen und bei der chinesischen an und erzählte diesen Fall.

„Blume ist im Besitz der Dokumente und der RestProben von Zug, dem neuen geräuschlosen Sprengstoff."

Er wurde nie unterbrochen oder nie nicht ernst genommen.

Dann rief er Blume an und berichtete, wen er angerufen.

„Blume, die Methode kennen Sie ja, die halten Ihren Kopf unter Wasser, dunkler ist nur die Kotze. Ich würde für jeden Geheimdienst eine Kopie bereit halten, bevor die Folter beginnt. Bin gespannt, wer als erster bei Ihnen aufschlägt. Ich schätze ..."

Blume schwieg.

„Haben Sie Internet, Blume? Miche Herbots Mutter hat einmal was Gescheites geschrieben. Können Sie jetzt online lesen, TagTags, und in der New York Times.“

Blumes Gesicht war der Aufmacher der Zeitung, daneben das Bild einer faltigen Frau, einer Zugerin, die wie Durstende das Wasser an der Quelle sich Luft ans Gesicht schöpfte. Die Wirkung des neuen SprengStoffes wurde beschrieben. Blume als der Mann beschrieben, der alle Hintergründe kennt.

Alle Gerüchte waren durch den Artikel zu Tatsachen gereift. Was alle glauben, ist wahr.

Blume verschwand am selben Tag.

46

dann...

Goster saß vorm Fernseher, die Fenster zugezogen, eine Talkshow lief, so wie Sand durch die SandUhr.

Kuhfuß, der Expolitiker, Vorstand zweier BauSparkassen, berichtete der Moderatorin, einer Blonden mit hoch geschlossenem Kleid, langen Beinen, die sie übereinander geschlagen hatte, von der Wende seines Lebens. Dass er jetzt – seit 6 Monaten – im Vorstand der Bank den Platz gefunden habe, an dem er sich vorstellen könne, ein Leben zu bleiben.

Kuhfuß hatte einen neuen Friseur, trug die alte blaue Krawatte, weil die Rückwand des Talkstudios immer noch einen blauen Himmel zeigte.

Was Goster aus dem schläfrigen Zusehn heraus riss, war das Kristall.

Kristall war in die Talkshow eingeladen. Sie saß mit grauem Rock und hatte den Schal wieder wie eine Umrahmung um den gesenkten Kopf gebunden, genau so, wie sie damals aus dem brennenden Haus geflohen war.

Das internationale Feuilleton war von der Künstlerin Thuy Tien Nekar inzwischen beeindruckt.

Kristall hatte Miche 500 mal gemalt, in exakt 50 Tagen und sich seine fortschreitende Zersetzung im Grabe vorgestellt. Wie Cézanne nur einen Berg. Sie bete auf der Leinwand um das Wiedersehen.

„Sie sind eine Berühmtheit", sagte die Moderatorin mit der Blondheit auf dem Kopf.

„Nicht mehr lange."

„Warum nicht?"

„Ich bin Malerin", sagte Kristall, „und habe gleichzeitig zu lange – es raubt die Seele – als Prostituierte gearbeitet, als Escorthure, als Serviette für eine Nacht."

Das Studio schwieg, dieses Schweigen, wenn die Welt für einer Sekunde nicht älter wird.

„Warum sagen Sie uns das heute?"

„Nun, ich fühlte mich als Prostituierte immer verletzt. Ich hatte angefangen, Männern die Geldbörse zu stehlen. Männer, die mich verletzten und mich mit Geld bezahlten, die hab ich bestohlen."

„Schrecklich." Die Blonde war tatsächlich betroffen.

„Und jetzt bin ich hier, um es wieder gut zu machen. Herr Kuhfuß, ich möchte Ihre Geldbörse mit den Kreditkarten und den Visitenkarten und der Parkkarte für das Ministerium und den Dienstausweis..."

Kristall zog sich den Schal vom Kopf, das Gesicht ernst und frei und legte Stück für Stück auf dem niederen Tisch vor die kreisrund sitzenden Gäste und schob die Karten mit der HandKante wie einen Haufen Jetons mit dem Rechen auf Kuhfuß' Seite.

„Sie haben mich zu dritt fertig gemacht. Für manche Männer hat die Vagina keine Anziehung mehr."

Kuhfuß rannte hinaus. Er musste sich übergeben.

„Zu mir sagte sie, sie kennt ihn nicht", sagte Goster vor dem Fernseher.

Kristall berichtete im Fernsehn Details über sich. „Manchmal war ich so wütend auf mich, hab mein Zimmer kurz und klein geschlagen. Ich wollte nicht in einer Ordnung leben, wenn meine Seele im Dreck lebte."

Goster stand vom Sessel auf, stellte den Fernseher ab. Er dachte über alles nicht nach. Nicht denken ist immer mehr ein Glück.

47

Kristall

Das Kristall stieg dem Kunden nach, in dieser anderen Stadt, in Luzern, die Holztreppe zu den Zimmern hinauf.

Sie zog sich aus, er war alt und hatte dichte Haare auf dem Rücken. Sein Atem schmeckte nach Rauch. Er verlangte, sie auf den Mund zu küssen, was ihr, wie allen Huren, am schwersten fiel.

Er bestellte Champagner, sie bat ihn, diese Tablette zu lutschen, gegen den Atemgeruch, sonst könne sie nicht weiter machen.

Die Kerle wurden einfach nur langsamer dann. Das Gesicht matt und weiß wie Schnee. Sie band ihn an den metallenen schwarzen Bettfuß, mit Handschellen um beide Hände.

Dann begann er sich zu erbrechen. Sie tränkte ein Tuch mit Eau de Cologne und atmete hindurch und schaute ihm zu. Mit diesem Tuch verstopfte sie schließlich seinen Mund.

Erinnerung ist eine Treppe in einem Haus mit unendlichen Stockwerken, irgendjemand sagt, ganz oben wohnen wir.